Fantasia & Memoria

LA CITTÀ SFIORITA

«io, la mia patria or'è dove si vive».
Giovanni Pascoli, «Romagna»

1.

Seduto sul letto, dopo avere più volte gagliardamente scosso la testa in qua e in là, Assennati capisce che, anche oggi, grazie a Dio, il mal di testa non c'è. Pensa: «I cinquant'anni servono a qualcosa». Ripensa a quando l'evento era una tortura che gli strizzava il cervello fino a sera. È certo che il miglioramento deriva dall'invecchiamento, dalla «caduta ormonale», come confessa a se stesso sarcastico. Infatti non ha fatto cure o diete. Semplicemente, un giorno si è accorto che ne stava uscendo, o quasi. Adesso le fitte, se capitano, sono labili, piccole vibrazioni che un po' di movimento scioglie in breve. Alle cinque e mezza del mattino, non gli conviene sostare troppo sul bordo del letto, col lumino di plastica acceso a illustrare la sporcizia della stanza, la moquette tutta impelata dai gatti, comprata quando si era messo in testa di risistemare le sue decadute quattro stanze. Ora che il progetto è tramontato, accetta che la casa gli presenti i suoi trabocchetti di tetraggine. La abita cautamente, a spazi ridotti, evitando di sostare in certi punti, di ficcare l'occhio negli angoli più polverosi e con le ragnatele, di accendere molte luci in una volta.

La lampadina del bagno gli presenta un altro squallore: la finestra scrostata e nera, le porcellane sbrecciate, batuffoli di polvere per terra. Questo momento penoso è un pedaggio necessario. Gli basta arrivare ad attaccare col rasoio la seconda guancia, per accorgersi che la depressione lo sta lasciando. Pensa che fra poco sarà fuori, nel gelo, simile a tutti quelli che hanno non una tana, ma una vera abitazione.

Mentre accudisce i gatti (mangime, cambio dell'acqua nelle ciotole e della sabbia nelle cassettine), l'affetto non gli impedisce il solito pensiero: che se anche non ci fossero state le altre ragioni, Cristiana lo avrebbe snobbato a causa dei gatti. Sa che è follia, che milioni di famiglie hanno gatti: ma l'idea stilnovista che ha della donna, gli fa sembrare assurdo che Cristiana, anche solo in via eccezionale, possa accettare di pulire la cacchetta e il vomito dei gatti, o i punti dove Pasticcio fa, senza tanti complimenti, la pipì. Del resto, quando, otto anni prima, impietosito, accettò Rommel, il primo, la sua precisa sensazione è stata che, con quell'atto, ha sancito il suo futuro di solitudine.

Ora che Cristiana è scomparsa da sei anni dalla sua esistenza, vorrebbe che non fosse mai venuta in casa sua per quei pochi minuti; che mai si fosse materializzata nel cosiddetto studio, dove tanto prima erano cominciati i suoi deliri per lei; o in camera da letto, per rispondere alla telefonata del barbierino geloso, venuto, da vero stronzo, a farsi ricordare anche lì. Gli capita, suo malgrado, di formare il fantasma di lei negli spazi che ha occupato.

Con scapolesco compiacimento, nota che, anche oggi, l'intestino sta facendo il suo dovere. «Anche oggi tutto bene» pensa. «Poi un bel giorno mi sveglierò con delle fitte bestiali da qualche parte, la tremarella alle gambe, e amen, sarà fatta». Vorrebbe fumare meno. Per ora, la sosta in bagno all'alba gli piace enormemente: contempla, tra le stecche della tapparella, i tetti e i muri, con l'orto in mezzo, che lo separano dalla strada. In altre ore, il fatto che le sue finestre guardino in un interno, accentua la sua sensazione di isolamento: adesso, pochi istanti prima di uscire incontro al mondo esterno, ne apprezza la funzione protettiva.

Quando ha già indossato il cappotto, Serafino, l'ultimo arrivato, lo blocca, salendo su una sedia per i soliti strofinamenti. Mentre lo accarezza, Assennati è conscio di balbettare le esatte frasi di tutti i giorni precedenti. Non lotta più contro l'idea di essere uno scapolo nevrotico. Si intenerisce, pensando all'antefatto che gli ha portato in casa Serafino. La vecchia padrona, morta nel sonno, era stata trovata con la faccia tutta graffiata dal gatto terrorizzato. Considera giusto avere accettato l'orfanello. Tanto, uno o due o tre felini ospiti, non cambia niente.

2.

Apre la porta sul pianerottolo del secondo piano, lentissimamente. Teme da qualche tempo di trovarci uno sconosciuto. Poi chiama l'ascensore. Quindi, attraversato il cortile condominiale, con quasi tutte le finestre ancora spente, esce in strada. Si dirige verso la piazza e, di lì, alla circonvallazione. Anche la pauretta che prova, in questo scenario semibuio e deserto, è recente. Mentre cammina a passo svelto, si chiede se quel che di fragile e frollo che avverte in tutto il corpo, trapeli sotto la mimetizzazione del cappotto, magari in un'incurvatura delle spalle di cui non si rende conto. Da dieci anni non si sente troppo cambiato in faccia. Sono dettagli minimi e misteriosi quelli da cui si intuisce di essere invecchiati; ha però visto certi uomini sui cinquantacinque gonfiarsi in faccia sgradevolmente, con i muscoli attorno alla bocca allentati, l'aria da capponi. Spera che per lui sarà diverso.

Il marciapiede della circonvallazione è stretto. Patisce i fari delle auto che gli vengono incontro.

Basterebbe un malore improvviso di un guidatore, per essere investito senza scampo. Quando l'autobus delle sette meno cinque arriva, si sente in salvo.

Viaggia perlopiù con sguattere e uomini di fatica. A quest'ora, i professori come lui si sono alzati da poco.

Ha le sue antipatie. Ad esempio, c'è un donnone, che si issa sempre su faticosamente, che parla a voce altissima. Ma c'è anche un muto, che scende prima di lui, dopo aver salutato qualcuno con gesti rituali. E un mezzo deficiente che, qualche anno fa, gli dava un po' di preoccupazione; appena sceso, alla sua stessa fermata, prende a menare pugni all'aria, trotterellando in cerchio; è un uomo bruno, massiccio, sui trentacinque, che sorride verso i viaggiatori sempre in un modo che sembra ironico; se, nel giardinetto in declivio, quello di mezzo, dei tre della zona, c'è un cane in libertà per fare i bisogni, non manca mai di emettere qualche uggiolio; poi, con passo solenne, attraversa il viale; Assennati si è chiesto per un po' la ragione, per il povero handicappato, dell'attraversamento della città in quest'ora antelucana; ha pensato a un lavoro semplice in un istituto, come intrecciare canestri o roba del genere; ma un giorno, che si è fermato a guardare, ha visto che il trentacinquenne si dirigeva verso il più vasto dei tre giardini, per un footing tra i vialetti; dato che il cancello era ancora chiuso, era entrato per un buco della siepe dell'aiuola di cinta, a braccia tese come Frankenstein; insomma, è uno con la mania dei movimenti ginnici; quando piove pratica il footing vestito col cappotto, la sciarpa e l'ombrello.

3.

Dopo Cristiana, la città è diventata, per Assennati, una rete di ricordi intollerabili. Ma ha dovuto accettare, se vuole vivere, l'idea di affrontarli. Adesso vorrebbe non averla portata in tanti posti. Ognuno ha la sua bava di tristezza; inutilmente cerca di forzarsi all'indifferenza. Anche adesso, mentre l'autobus costeggia l'ingresso dai Giardini Margherita, mettendo a fuoco il monumento equestre di re Vittorio Emanuele, sui cui gradini sostarono l'ultima... no, la penultima volta. È attento a queste distinzioni, anche se sa che gli impediscono di cancellare i ricordi.

Col buio e il freddo di quest'alba l'immagine di Cristiana, seduta a gambe larghe sul più alto gradino del piedistallo del monumento, gli sembra quasi irreale. È peggio al ritorno, non per la luce, comunque diversa da quel giugno degli addii, ma per la troppa gente che si aggira lì intorno. Ad ogni modo, le ossessioni c'erano anche prima che lei scomparisse. Ricorda le sere che il suo ex amico Giampiero lo portava a cena, a casa della fidanzata; ricorda il proprio strazio, quasi un arresto del respiro, un attimo prima che l'auto svoltasse nel cortile interno, togliendogli la vista del cavalcavia: subito oltre, abitava lei. Dopo, per tutta la sera, si era torturato nel dilemma se preferire di immaginarla fuori a scopare con l'ortopedico, il suo tipo di allora, oppure a casa ma ignara della sua vicinanza. In casa della donna di Giampiero, avvolto dalla nube delle chiacchiere, sentendo un vuoto allo stomaco, lui inghiottiva amarezza.

4.

Quando scende dall'autobus il cielo sta schiarendo. È nei luoghi della sua infanzia. Entra nel giardinetto che percorreva da bambino, di ritorno da scuola. Le quattro zone erbose, solcate dal viottolo a croce irregolare, hanno dei robusti abeti che, intorno agli anni Cinquanta, erano arboscelli. In un giorno d'autunno, che pioveva, proprio lì la mamma, quando lui faceva la quinta elementare, gli aveva chiesto come aveva fatto il tema «Mia madre»; lui aveva risposto «Così e così», da sotto il cappuccio della mantellina; poi, invece, ci aveva guadagnato un nove.

Mentre attraversa per raggiungere il portico, come sempre si volta a guardare la casa rossa, sospesa sulle colonne, che fiancheggia il giardino. È una di quelle papabili per il sognato, ma in realtà impossibile, ritorno in zona.

Anche oggi il suo senso di solitudine lo irretisce in una visione di felicità familiare, dentro muri domestici, del tutto arbitraria. Gli piace anche un'altra casa, più verso il centro, per via di una certa nicchia che forma; pensa a quest'altra casa come a un baluardo tra i luoghi dell'infanzia e il resto della città; gli piace soprattutto quando nevica; tante volte si è visto nell'atto di affacciarsi a una finestra per scrutare il cielo nevoso.

È rimasto attaccato come un'ostrica ai ricordi dell'infanzia perché, dopo, tutto si è impantanato o è franato.

5.

Certo, nel difendere i ricordi c'è dell'autolesionismo. Ad esempio, avrebbe tutti i diritti di conservare del suo vecchio professore di lettere, d'aspetto e gusti carducciani, un ricordo meno dolce. Quand'era tornato verso la fine degli anni Sessanta nella sua vecchia scuola, questa volta come giovane professore, il vecchio non aveva ricambiato il suo calore.

Ma prevalgono i ricordi divertenti. Si sapeva che, adibito dai padri barnabiti del San Luigi all'insegnamento della storia dell'arte, e non gradendolo, il vecchio professore, all'inizio di ogni lezione, si metteva a sfogliare il libro di testo ripetendo: «Impara l'arte e mettila da parte».

C'è poi, nell'armadio della memoria, un episodio irresistibile. A Natale erano cominciate ad arrivargli a casa cassette di vini, dolci e altre leccornie, come capita ai docenti delle scuole private; imbarazzato, Assennati aveva avuto l'impulso di rispedire tutto alle famiglie, ma gli sembrava anche una sgarberia, perciò aveva deciso di chiedere lumi al vecchio maestro; incontratolo nel corridoio, gli aveva chiesto: «Professore, lei ha ricevuto dei regali?»; e il vecchio aveva risposto: «Per ora no, speriamo bene».

Assennati ha pagato ai legami col passato scolastico uno scotto tragico. Diciotto anni fa, in Provveditorato, venuto il suo turno, si era trovato al bivio di scegliere la cattedra in un nuovo istituto vicino alla nuova casa, oppure in un altro vicino alla casa dell'infanzia. A deciderlo per la seconda soluzione, era stata l'idea dell'architettura antiquata del vecchio edificio, ricco di muri anziché di vetrate.

Ricorda, di quel giorno, un dettaglio che aumenta la sua amarezza. Accostatosi, in Provveditorato, una prima volta al tavolo per fare la scelta, aveva visto un elenco con cattedre non di suo gusto. Aveva «passata la mano». Sennonché, poi, era risultato difficile reinserirsi. Per qualche attimo aveva temuto di avere perduto, per sofisticheria, tutte le cattedre disponibili a Bologna, e di dovere, quindi, accontentarsi di una in provincia. Allora, agitatissimo, sfidando l'odio generale e un funzionario imbestialito che urlava: «Ma cosa vuole quel professore?» s'era messo a discutere di prelazione e diritti. Mentre riguadagnava il tavolo, una delle impiegate, rivolta alla platea, aveva spiegato: «Gli spetta realmente di scegliere». Da quel giorno ha fissa davanti agli occhi l'immagine del collega che ha scelto prima di lui, mezzo calvo, col collo arrossato, l'aria ingobbita e caparbia, anche lui teso; quasi che, scansatosi, sotto i piedi di lui Assennati, fosse venuta a spalancarsi una botola su un baratro.

Così, in ogni caso, era scattata la tagliola. In classe si era trovato davanti Cristiana, l'allieva di cui si era innamorato, che lo aveva coinvolto per mesi e mesi in un ansioso moscacieca.

Quando passa davanti al dado bianco, sormontato da un tetto rosso, della casa della sua infanzia, cerca di sbirciare nel pianterreno o dentro le finestre; gli piace più spiare il passato che vivere il futuro. Sogna, di comprare diventato ricco, l'antico appartamento a pianoterra; poi ci si vede come un fantasma, a scandire il gocciolio serale delle ore, tutto solo in mezzo ai ricordi.

6.

Ha disertato un'osteria di buon menu ed economica, perché a servire c'è un nano; la vista gli chiudeva lo stomaco. Era rimasto di sasso quando, fra i tavoli, aveva visto per la prima volta la sua testa, simile alla punta di un periscopio. Ha ripiegato su una trattoria per impiegati dove un amico suo ospite un giorno ha esclamato: «Questa è una di quelle trattorie dove, se ordini l'Albana, ti portano il Trebbiano». Ma lui è disposto a mangiar male, pur di sentirsi a suo agio. Il nano lo imbarazzava, forse perché gli ricordava la sua stravaganza e la sua emarginazione. Difatti, la faccenda del nano non fa storia a sé. C'è anche un bar, ben fornito e vicino a casa, dove non entra più a fare colazione, perché rischia di incontrarci una donna che ha un enorme porro sul naso. L'avara tutela di sé lo ha fatto diventare ipercritico.

7.

Per cappuccino e brioche si reca in un bar fuori porta. È il bar tabaccheria dove, da bambino e da ragazzo, annusava odori di spezie mai più ritrovati. Adesso è un anonimo bar, senza carattere, con gli ottoni e il finto marmo; vi indugia, perché gli capita di incontrarvi, riconoscendoli senza essere riconosciuto, il panettiere Nesi, il merciaio, il barbiere, o il macellaio Lorini, antica promessa calcistica, un tempo sul punto, come annunciava arrivando in casa sua con l'involto della carne, di essere ingaggiato nella Spal. Queste presenze lo confortano, perché pareggiano, con l'oggettivo peso della continuità, il senso di vuoto creato dai suoi fantasmi.

Più o meno, questi personaggi hanno subìta una metamorfosi. Il merciaio, per esempio, che da giovane aveva un'aria superba, adesso si presenta mitissimo, come levigato da una vita passata a vendere calze e mutande alle donne. Chi lo affascina di più è il barbiere, poco più che «ragazzo spazzola» ai tempi in cui padrone della bottega era il temibile Pasquale, morto da anni; a quel tempo, i lavoranti avevano tutti occhi spaventati; quando Pasquale, con una rauca voce da beone, scandiva: «Ringraziare!», per una mancia data, i tre schiavi obbedivano all'unisono; il più timido dei tre, adesso dispensa ordini a due giovanotti disattenti.

8.

Per entrare a scuola, passa, ogni giorno, dal portoncino laterale e, quindi, dal cortile interno: qui si ricorda sempre il suo primo giorno da insegnante, diciotto anni fa. Dall'alto dello scalone, mentre il preside faceva l'appello, il suo sguardo aveva vagato sorridente sulla piccola folla degli studenti delle varie classi radunate per il benvenuto collettivo. Non poteva immaginare che l'occhio orientale di Cristiana lo stava già fissando dal basso.

Saliti i gradini, entra dalla porta a vetri. I bidelli sono tutti raggruppati in fondo al corridoio; le donne si stanno mettendo i grembiuli e infilando le pantofole. È il momento che gli viene da paragonarsi a un insetto dal tragitto istintivo e abitudinario.

Quando poco dopo entra in sala insegnanti, avverte una piccola fitta. Qui Cristiana veniva a chiacchierare per dei quarti d'ora. Ne rivede il faccino malizioso. Riconosce d'essere stato preso in giro dai sentimenti. Ma non ha mai pensato di cambiare scuola; si sente vecchio per affrontare nuove abitudini, nuove facce. Preferisce subire i ricordi, il pensiero improvviso che «anche lì», sulle scale, in un corridoio, per il portone d'ingresso, è passata «anche» lei. In sala professori c'era un bel divano impero, adesso trasferito nell'ufficio di presidenza. Meno male: le repellenti poltrone in finta pelle, color vinaccia, con cui è stato sostituito, lo aiutano ad accantonare la nostalgia.

Seduto al tavolone, apre il giornale. Mentre si accende la sigaretta, gli tornano in mente gli anni in cui lui, in questa sala, ha dato spettacolo scandalizzando le colleghe. Purtroppo, la metamorfosi corporale, insomma l'invecchiamento, lo costringe a voltare le pagine della vita rapidamente: si avvicinano, ahimè, quella della pensione e quella dei necrologi; ce ne sarà sicuramente uno siglato da Marzia che, sotto il finto cordoglio, si sentirà appagata nella sua voglia di vendetta.

Di Cristiana si era innamorato. Marzia l'aveva solo desiderata. Adesso, con Marzia ha ingaggiato una sinistra, finta scherzosa, gara di sopravvivenza: di sedici anni più giovane, ma non molto in salute, Marzia comincia a sembrare una sua coetanea: dovrà riguardarsi, se non altro per farle dispetto, per vincere la gara della longevità. Tanto per cominciare, spegne allarmato la sigaretta.

9.

Va a regalare il giornale al bidello che dice ossequioso: «Grazie prof». Gli risponde con un sorriso appena accennato e una lieve inclinazione del capo. È abilissimo nel tenere le distanze. Poi, mentre raggiunge il «suo» termosifone, ai piedi della scalinata, il traliccio dell'autorevolezza lo fa sentire, al solito, un gran buffone. È da un pezzo che tutti hanno smesso di fare giochi e allusioni sul suo cognome, Assennati, Assonnati, eccetera; è lui a sentirsi pavido e intronato, quasi facesse uso di psicofarmaci. Al terzo piano il bidello amante della lirica ci sta dando dentro con una voce spiegata da palcoscenico. Il suo exploit ha un contrappunto a pianoterra, dove una bidella canta con voce slombata, sfibrante, canzonette d'epoca. Lui subisce con fastidio. Sa di essere, col suo quotidiano presentarsi in anticipo, quasi un tollerato. Deve essere considerato mezzo matto, da chi lo vede arrivare quasi un'ora prima. Ma, arrivare in anticipo a scuola, è per lui un modo astuto per tenere sotto controllo l'impulso della fuga.

10.

Sente, dallo scatto della serratura, che il bar è stato aperto. Appena affacciato vede che, entrati dalla porta dell'atrio, ci sono già i primi mastodonti. Più che verso di loro, Assennati ha livore verso i loro padri, i nuovi omarelli, spesso baffuti e camuffati da inglesi, venuti su come funghi dai tempi del boom. Da anni avverte nei loro discorsi l'influsso della cultura televisiva, capta nei loro comportamenti e strategie l'aggressiva volontà di appartenenza a una sfera di intellettualità in realtà ad essi negata. Poche parole gli bastano per capire, in quelle ostentazioni, il grado di influenza esercitato dai telefilms. Naturalmente, i più violenti (e i più baffuti) sono i popolani, ansiosi di dimostrarsi, nel rapporto col figlio, «moderni». Rimpiange acutamente gli uomini della generazione di suo padre, ben più autentici nel bene e nel male. Si accorge di cercare, tra i nuovi, col lanternino, qualcuno della stessa pasta.

Per i figli, il discorso è un po' diverso. Sente di preferire questi nuovi italiani americanizzati, giganteschi a forza di ormoni, sportivi fino al buco del culo e, naturalmente, refrattari agli splendidi poeti che lui ama. Certo, la loro presenza a scuola, per sole ragioni di status familiare (i nuovi arricchiti considerano un'onta che il figlio non arrivi a laurearsi) gli fa l'effetto di un infestamento di formiconi. Ma, in fondo, conta proprio sulla loro stupidità. La speranza è che, superate di slancio le penose astuzie dei loro padri, si ricostituisca, dallo stato brado, un po' di autenticità.

11.

È addossato al termosifone. È il momento in cui comincia la carrellata delle professoresse, dirette al bugigattolo delle fotocopie. Prima di muoversi, hanno avviata la fase casalinga dei lavori, messe le pentole sul fuoco e la roba in forno. Adesso sono pimpanti e sorridenti, come vispe terese.

È dagli anni dei viaggi in treno e dell'insegnamento in provincia che Assennati ha cominciato ad odiare queste bovary con la laurea. Non può dimenticare il cicaleccio inesauribile, le allarmistiche notizie, date con gusto irresistibile, circa l'andamento degli esami di abilitazione e i concorsi. Prive di ogni rapporto con la creatività, il modo da massaie con cui trattano la poesia, come le patate e i piselli al mercato, non finirà mai di offenderlo. Laureate in lettere col miraggio della mezza giornata da dedicare ai figli, agiscono a scuola come a casa. La loro pugnacia ha il solo scopo di non farsi fregare. Il miope, centellinato senso del dovere, privo com'è di estro, risulta rassicurato dall'interrogazione a memoria della sintassi latina, protratta, oltre che nei primi due anni, anche al triennio. Totalmente ottuse, neanche sospettano l'inutilità di un simile rimbambimento, la ridicolaggine di far tradurre alla lavagna le frasi in una lingua di duemila anni prima, per giunta inesistente, dato che si tratta di un cocktail di vocaboli arraffati da autori diversi. La loro ansia di madri, quando c'è il tema di italiano in classe, le spinge ad assegnare titoli sul razzismo, l'inquinamento e molte altre attualità. Sfugge, alle topoline, che il loro intento di forgiare, così, dei buoni cittadini, raggiunge il risultato opposto. I ragazzi, sapendo di dover fornire delle risposte scontate, si educano infatti all'ipocrisia.

La promenade è spassosa. Ecco lo Scorpioncino Verticale. Seguono la Riccardina terza e l'Uovo di Pasqua con la testa. Chiude la marcia la Brutta Figaccia.

12.

Mentre Daniele, urlando alla marea pressante di non travolgerlo, spalanca il portone, si appresta ad assistere alla passerella lungo le scale delle ragazze. Ma non è più come un tempo, quando entrava subito in tirella. Alle otto, adesso, si sente i muscoli di burro, e l'uccello simile a una statuina di pietra. Ci vuole un certo rodaggio, prima che cominci a svegliarsi.

Del resto, il tracollo fisico ha segnato una trasformazione sostanziale nel suo rapporto con le lolite. Non tira più a qualcosa di pratico; solo, innocentemente, ad abbeverarsi alle loro grazie. Ciò lo ha messo al riparo dall'iracondia dei padri. Non che gli incidenti siano stati, poi, tanti. Anzi, per l'esattezza, la classica frase «Se non la smette di importunare mia figlia vengo da lei e le spacco la testa» (sa che è classica, perché anche altri, con piccole varianti, faccia, grugno, ossa, se la sono sentita dire), gli è arrivata, per telefono, un'unica volta. Tuttavia, il sottinteso c'era anche le altre volte: che lui era un porco e l'altra un bocciolo di rosa ancora da cogliere. Naturalmente, era una balla. La figlia dell'energumeno, ad esempio, certa Elisabetta, mai presentatasi, gli aveva scritto lettere invasate, dove gli annunciava di stare prendendo a piccole dosi il coraggio per il grande passo. Era chiaro che, da grande stronza, si era fatta cogliere dal padre durante la stesura di una di quelle lettere piene di voglia.

Adesso che le paure sono passate, prova quasi pena per tutti quei padri da melodramma. Si rende conto delle difficoltà, per ogni moderno genitore di fanciulle, di fingere che «la bambina» non la stia dando via a tutto vapore. Va, ovviamente, messa nel conto anche la gelosia; si diverte addirittura a tradurre la sdegnata frase paterna così: «Come, non ci vado a letto io, e vuole andarci lei?» Lui, il più delle volte, si è rammaricato di essere un povero professore a stipendio fisso, anziché un Onassis: altrimenti è sicuro che, grazie ad adeguata offerta pecuniaria, avrebbe potuto pagarsi lo sfizio con la connivenza del padre che, da vigile protettore della figlia, si sarebbe trasformato in solerte pappone.

13.

Ovviamente Assennati sente tutta l'indecorosità, a cinquant'anni suonati e con i capelli grigi e scarsi, di stare a occhieggiare l'arrivo delle ragazzine, comprese quelle che hanno ancora la macchinetta ai denti. Se supera il disagio, è grazie a un escamotage, che è anche un boomerang. Da tempo, infatti, un impulso incoercibile lo sta spingendo a valutare il tempo che gli resta da vivere, sperare, godere.

Sentirsi, a quell'ora mattutina, un residuato bellico, ha i suoi vantaggi. È allora che Assennati accetta che, con Cristiana, le cose siano andate in quel modo. Addirittura prova sollievo, all'idea di non dover sostenere, con lei, la parte del marito anzianotto. Tutte le situazioni del genere, che conosce, lo riempiono di orrore. Le donne, a dieci anni dal matrimonio, col marito ormai canuto, gli fanno sempre l'effetto di ex vergini ingannate. E i mariti li vede come degli infelici, malamente tollerati in casa e umiliati a letto, per via del loro arnese ormai a scartamento ridotto. E, naturalmente, sempre sospettosi di corna. Una situazione del genere ce l'ha nei paraggi di casa sua. È vero che questa moglie quarantenne non è una duchessa; deve essere una donna a ore, perché ogni tanto, quando lui torna a casa, lei esce dall'ascensore, lasciando una zaffata di profumo pestifero; ma il suo vecchio (hanno dei figli grandi) sta cascando a pezzi e, quando lo incrocia nei paraggi, si ricorda la regola aurea: invecchiare contemporaneamente, così da non provocare alla partner il vomito.

Il suo progetto con Cristiana era, comunque, basato su un calcolo preciso: lei sarebbe stata la giovane scrittrice, e lui il suo agente. Non se la sarebbe presa se, a un certo punto, o anche subito, lei avesse cominciato a cornificarlo con i giovani. Averla sott'occhi gli sarebbe bastato.

14.

Le alunne sfilano. Ecco Federica, dai neri capelli e i denti scintillanti da selvaggia apache. Quindi Daria, con i biondi, lunghi capelli di ninfa e gli occhi obliqui, di zucchero quando sorride, e altrettanto pronti a mutarsi in diamanti di ghiaccio non appena si fa seria. Si sforza, con entrambe, di mostrare una connivenza che verrà buona nel corso della mattinata.

Diffidente, tempestoso come l'aria fredda che sta entrando dall'atrio, irrompe il visetto di Fiorella. Naturalmente sa che è lì, appollaiato come un ragno, ma si guarda bene dal voltare la faccia. Anche quando è costretta a salutarlo, lo fa schifata e iraconda. Lui, d'altronde, preferisce che la ragazzina si mantenga ostile. Diversamente, po trebbe finire per odiarla come ipotetica sostituta di Cristiana. Si è accorto infatti che voce, gesti e finezza gliela ricordano.

15.

L'atrio si è rifatto deserto. Dato che non ha lezione subito, Assennati può tornare alla sua attività preferita, che è quella di non fare niente e di pensare a qualcosa di piacevole. Ma ormai c'è solo una cosa piacevole: mettere in moto l'immaginazione. Adesso gode, addirittura con brividi di letizia dentro lo stomaco, del proprio esercizio di contemplatore. Trasforma in spettacolo le piccole cagnare fra bidelli, le discussioni su chi debba pulire una certa aula. Accoglie tutto il vario ronzio come una terapia contro il silenzio domestico che lo attende. Gli basta per ricaricare le pile.

Stanco del termosifone, sbuca nel corridoio a piano terra, dove ci sono la presidenza e due delle tre segreterie. Come sempre, torna a diciotto anni prima, quando si affacciò per la prima volta su quell'infilata di porte, pieno di curiosità e timidezza.

Ha sbagliato a spostarsi. Vedendolo, la segretaria gli chiede se, pur non toccandogli il turno, può fare la cortesia di andare a dare un'occhiata a una classe «scoperta». Dice subito di sì: la gentilezza, sfoderata nei momenti opportuni, gli serve per covarsi la tranquillità.

16.

Deve andare al terzo piano, ciò significa che si tratta di una prima. Mentalmente, storce il naso. Preferisce ancora le quarte e le quinte, perché, se fiuta una ragazza di suo gusto, può ancora venirgli voglia di illustrare alla lavagna, col suo colto scilinguagnolo che umilia i bestioni, qualche poesia. Anche se sa che le stronzette, benché sedotte dalla sua voce all'olio d'oliva, sono lontane anche solo dall'idea di chiavare con un professore.

Il bidello gli indica un'aula che guarda non verso la collina, ma dalla parte della città. Questo lo disturba. Guardare una città dall'alto, alla televisione o su un atlante illustrato, gli piace enormemente. Ma, da questo terzo piano, la sua città gli appare piatta, anziché un labirinto d'immagini.

«Lei è il supplente?», «Non c'è la prof?» Le domande fesse dei primini lo irritano, soprattutto la parola «supplente». Dà, perciò, in escandescenze, sbattendo la sedia contro la cattedra. Medita addirittura di afferrarla per una gamba e avanzare, tenendola sollevata, verso qualcuno, come vide fare una volta al suo professore di prima media. Il professore scherzava, ma il bambino, certo Zanardi, si era preso uno spaghetto tale che gli si erano piegate le ginocchia e aveva cominciato a farfugliare.

Con soddisfazione, sente di essere diventato paonazzo. Nei primi banchi sono ammutoliti.

17.

Durante l'intervallo, Assennati, mentre fuma col gomito appoggiato al legno della finestra, guarda davanti a sé. A destra ha San Petronio e i palazzi pubblici del centro, il tutto deformato dalla prospettiva insolita e da una luce ferrigna. Il resto è un susseguirsi di case con un senso di casbah, fino alla lontana campagna.

La grande Bologna, per chi non è di Bologna un paradiso di tutti i piaceri! Pensa a quella famosa paroletta, l'osceno «socmel», che i più informati mostrano di considerare una parola magica. E poi alla favoleggiata grande generosità della donna. Non è che lui l'abbia mai trovata tanto generosa. Ma, naturalmente, sa di costituire un caso a parte.

Come sempre, quando è costretto a una sosta al terzo piano, lo riprende il pensiero di come la sua città, per anni amata, abbia finito per sfiorirgli dentro, completamente, fino a trasformarsi solo nel buco a lui destinato per tirare avanti alla meglio gli anni che gli restano.

Tanto per cambiare, ritorna all'incidente al braccio di suo padre, quando lui non era ancora nato, ma che è stato decisivo anche per lui. A Milano i medici avevano decretato che il braccio, urtato da un'auto in corsa, non era ormai più che un'appendice inerte. Il padre, allora, aveva tentato la carta del prestigioso Istituto Rizzoli di Bologna, dove si era compiuto il miracolo: il recupero pressoché totale. Poi – non aveva mai indagato se fosse stato per gratitudine – il padre si era innamorato di Bologna, fino a decidere di trapiantarvisi. Pochi anni dopo, era nato lui, in via Broccaindosso, dov'era la casa del Carducci quando scriveva «Pianto antico».

Pur senza avere una sola goccia di sangue emiliano, per lungo tempo non ha mai dubitato di appartenere per intero, anima e corpo, alla città, almeno per i primi trent'anni della sua vita. È stato solo dopo che il refolo del dubbio ha cominciato ad insinuarglisi, a poco a poco arrivando a fare emergere una paratia tra lui e i suoi concittadini. Niente di clamoroso; in realtà, non ha lagnanze particolari. Oggi, ripensando all'origine toscana di sua madre, tende a pensare che si tratti di un differente approccio alla realtà. Sente che, il suo, è assai meno realistico e sanguigno, troppo sognante: abbastanza, comunque, da metterlo in difficoltà. Infatti si è accorto che tutto ciò ha un simbolo, che è anche una realtà: è la breve, impercettibile contrazione allo stomaco, quel lievissimo sforzo che gli occorre per sintonizzarsi con chiunque. È questa la prova che non sarà mai dei loro, la causa della sua timidezza, dell'impaurita scivolosità dei suoi modi.

Adesso, se ricostruisce il suo passato, capisce che la paratia c'è stata sempre, fin dai primi anni della scuola. Il piccolo velo di diffidenza era, innanzi tutto, la differenza della parlata. Era orgoglioso, in classe, di parlare senza accenti, di far risuonare la sua voce priva della greve «esse» di tutti i suoi compagni. Ma sentiva, quando parlava, il formarsi di una lieve tensione. La prendeva per ammirazione, ed era invece malizia. A piccole punture il solco, senza che lui si accorgesse di niente, si era scavato.

Si chiede se il suo senso di progressiva diffidenza sarebbe emerso anche se la sua vita fosse stata normale; per l'esattezza, se il vuoto d'amore, che per lui è stata la regola, non lo avesse condannato alla solitudine. È infatti quel vuoto, e la necessità di colmarlo in qualche modo, ad averlo costretto a quella certa, pluridecennale aratura delle strade (ci ripensa con un brivido) in totale solitudine, senza regola e scopo, a cui ha dato vita fino a sospettare della città, a scoprirne limiti che, diversamente, gli sarebbero forse rimasti celati. Ma il legame fra i luoghi e le sue private vicende non fa che complicare il mistero.

Poco più che bambino, si rivede già, luttuosamente, votato all'ammirazione per la «donna impossibile»; si rivede, nemmeno quattordicenne, occupato a pedinare a distanza, pieno di tristezza, una ragazza sui vent'anni, nei paraggi di casa. Erano stati mesi di fantasticherie disperate, prima di uscirne, ma solo per cadere in un'analoga trappola. E così è sempre stato, fino a che è apparsa, a stringere il cerchio, Cristiana. Oh, lo sa bene che certi grovigli hanno di solito origini familiari. Ma nemmeno può escludere che abbia pesato, almeno un po', anche la differenza di razza: anche da lì deve aver tratto nutrimento il suo impaccio e la sua incertezza. La prima ragazza che gli aveva risucchiato tutti i pensieri era comparsa di fianco a lui a messa, una domenica, nell'inverno della sua quarta ginnasio al San Luigi. Invece, l'estate prima, era stato lui a respingere, per timidezza, l'avance di una bambina della sua età. Quel bacio non dato a tredici anni è stato l'avvio della sua rovina.

Anche se riuscisse a sdipanare l'enigma, non ne ricaverebbe giovamento. Di amore sa, matematicamente, che non ne avrà più. E la città, ai suoi occhi, non è più salvabile. Gli pare che le pietre, in mezzo a cui si aggira, costruiscano per lui una tomba. Lui è sempre più impaurito. Bologna è solo il suo riparo.

18.

È uscito di scuola. Sta attraversando la piazza di Porta Saragozza, dove c'è il terzo giardinetto. Subito scatta un ricordo, mentre lo sguardo gli va alla staccionata oltre la quale esiste forse ancora il campetto di calcio «da sette», in terra battuta, un tempo gestito dai preti. Ripensa alla Coppa Cappello, il torneo serale tra bar organizzato, nella prima metà degli anni Cinquanta, per festeggiare il grande centrattacco che da poco aveva smesso di giocare nel Bologna. Gino Cappello si era fatto vedere, a partita già iniziata, l'ultima sera, per assegnare il premio. Alacre, un pacioso grassone, accennando a fargli posto sulla panca stipatissima, dove non sarebbe entrato neanche un ago, aveva urlato: «Venga qui, signor Cappello». Lui aveva preferito andare dietro a una porta, da dove, in piedi, aveva assistito al resto dell'incontro. Adesso Cappello è morto. Ha letto un breve articolo in sua memoria solo sul «Resto del Carlino». La televisione non l'ha ricordato, così come non l'aveva mai citato tra i grandi campioni di un tempo. Mentre per suo padre e per lui il calcio è stato Cappello. Ripensando alla sua alta figura, già inconfondibile dall'ingresso in campo, alla sua assonnata faccia dal lungo naso, si era fatta l'idea che possedesse la «signorilità distaccata» del gentleman; per cui era rimasto sorpreso e dispiaciuto quando al Roxy Bar, dove passa le sue estati, un vecchio maestro elementare del San Luigi, tifoso anche lui, ma amico di Cappello e quindi suo buon conoscente, aveva attribuito al campione una «complessione nervosa», una diversità da sempliciotto, un'innocenza da macchina della pedata.

Attraversando la piazza di Porta Saragozza pensa agli anni in cui è transitato davanti alla tabaccheria di Cappello, in via Castiglione. A suo tempo i giornali ne parlarono come di un ripiego adottato in attesa di riaprire un negozio sportivo, dopo la cattiva riuscita del primo, in centro, davanti all'ingresso del Cinema Manzoni. Lui l'aveva visto e ammirato anche lì, uscendo dal cinema, in piedi dietro il banco, al centro di una luce sfolgorante. Ma da via Castiglione Cappello non si era più mosso. Lui, nel passare davanti alla sua buia tabaccheria, aveva avvertito ogni volta un piccolo batticuore. E, meditando sulla sua severa aria scontrosa, si era convinto che l'ex campione avesse consapevolezza dell'inarrestabile progredire dell'oblio.

19.

Pensando a Cappello, pensa allo stadio in cui, da bambino andava ad occupare un posto nella zona dei «distinti centrali». Il recente smantellamento – o ristrutturazione? –, «causa Mondiali», della vecchia struttura, gli è dispiaciuto. Ora che le scale interne e la balaustra circolare di lamiera non ci sono più, lo stadio, sventrato dai fori delle entrate a tutte le altezze, gli pare un piatto colabrodo, una ciambella. Non gli va la tribuna, con quel colore verdolino da cantiere, e come ha invaso una parte delle antiche curve. Neanche tutti quei divisori in plastica, muretti e rientranze, che sembrano messi lì a caso. E neppure le seggioline – altra plastica – numerate come a teatro. L'obbligo del posto assegnato ha cancellato il piacere di piazzarsi, come un tempo, dove, a seconda del giorno, dell'ora, dell'umore e dell'amore si preferiva. Sente aria di campo di concentramento. A lui, poi, piaceva sedersi sulla pietra, mettendosi al massimo un giornale sotto le natiche. Se pioveva, si stava tutti, con uno strano senso di letizia, in piedi. Adesso si è inchiodati alle sedie e, anche con l'ombrello, l'acqua finisce per bagnare il sedere.

Certe suggestioni, è chiaro, come la scarica al cervello nel dare il primo sguardo al verde manto erboso, sono sparite con l'età. Né avverte più il soprassalto cardiaco nel veder sbucare fuori, dal tunnel che portava agli spogliatoi, il portiere Vanz, o Lorenzi, Pandolfini, Muccinelli e i tanti altri tracagnotti del dopoguerra. Le nuove tenie, con le lunghissime gambe macinanti decine di metri in pochi colpi, gli accorciano i centodieci metri del campo, sottraggono spazio alla sua fantasia di tifoso. Un tempo, mentre il pallone entrava in rete, se il gol era del Bologna, per un attimo i giocatori rossoblu diventavano enormi. Ed era come se, per la turbolenta grandiosità di quell'istante, tutto, stadio, pubblico, si fissasse in quelle forme irrealmente dilatate. Se il gol era dell'altra squadra, invece, il potenziamento non avveniva, impedito dalla fitta di dolore.

20.

Via Saragozza, la strada dell'infanzia. Bellina è bellina, almeno crede, con la sua infilata di portici, e così appartata dal centro. Lui ne ha fatto addirittura un mito, ma ora è stanco di corteggiare il ricordo di quando, con suo padre, dopo la breve sgambata da fuori porta, tagliava per via Nosadella, per infilarsi al Cinema Sordomuti, oppure in quella specie di imbuto che era il Nosadella, oppure in tutti e due, uno di seguito all'altro. Adesso, quando racconta ai suoi allievi che il Sordomuti è diventato l'attuale Splendor, con le poltrone in gommapiuma e non più le seggiolacce di ferro che sbattevano ogni momento, quasi non gli credono. E neanche quando, esilarato, racconta che l'attuale, confortevole Nosadella, una volta era uno spiazzo sotto le stelle, adibito ad arena estiva del vero e proprio locale: la sala di una volta era l'attuale biglietteria, e la biglietteria era il breve atrio che oggi si trova entrando.

C'era stato un periodo in cui suo padre lo portava nelle due suggestive topaie tutti i giorni. A otto o nove anni, quanti allora ne aveva, Assennati non capiva quasi niente di quei films con Yvonne Sanson e Amedeo Nazzari, dove, una volta su due, la Sanson finiva in monastero o moriva, e sbucava, alla fine, una bimba di pochi anni che, prima, non si era vista. Quel che ricorda, specie del Nosadella, è la cortina di fumo delle sigarette, e il puzzo che emanavano i microscopici soldati meridionali allora impacchettati in cappottini miserabili.

Sale cinematografiche del genere, a Bologna, non ce ne sono più. L'ultima è stato il Rialto, prima della ristrutturazione. Al Rialto ci andava al tempo in cui i giovinastri prendevano per il sedere Bebo, il venditore di bibite e brustulli: lui, piccolo e imbelle, con gli occhi acquosi, li affrontava nel buio, col bussolotto a tracolla, chiamandoli, con la sua voce balbuziente, «figli di puttana», ma loro non si offendevano: si diceva che una volta, per gioco, lo avevano buttato giù dalla non alta galleria. Ogni tanto, quando la gazzarra era troppa, arrivava la polizia. Una volta Assennati aveva passato un brutto momentino, dato che la sua intera fila era stata fatta alzare: aveva mantenuto un inappuntabile contegno da professore, finché il pungente sguardo del questurino aveva deciso che lui non c'entrava.

Via Saragozza gli resta, dunque, cara, ma si sta educando a guardarla con distrazione. E la vecchia casa, il gran dado bianco col tetto rosso? Inesauribile nelle congetture, si è spinto a immaginare di tornare, fra le sue antiche stanze, infilando il lungo corridoio che le attraversa, non da solo, ma con Cristiana. Qui, però, si ferma, evita la raffigurazione dettagliata della loro vita lì, insieme. Capisce che si inoltrerebbe in una regione di desiderî e pensieri informi.

21.

Adesso la città è solo il territorio organizzato dove lui risolve le sue necessità pratiche. Ma i flash dei ricordi scattano. Il primo illumina i fronzuti bastioni del Collegio di Spagna.

L'occhio ritrova la casa signorile con lapide, che sta alla sinistra del collegio. Immagina di fermarsi e leggere: «Qui lunghi anni dimorò e cantò Enrico Panzacchi, melodioso creatore di poesia, ultimo figlio dei grandi melici antichi. Il Comune di Bologna ad onorare il cittadino insigne, il grande italiano per cui la vita fu armonia, nel primo centenario della nascita pose». Davanti gli appare il viso astuto di Cristiana nell'atto di leggere, dopo la sua provocazione, la dedica al mediocre pocta. Non ricorda più se a quell'epoca Cristiana faceva la quinta liceo. Probabilmente, data la sua disinvoltura nel marinare, l'aveva incrociata un po' dopo mezzogiorno, mentre andava a prendere i compagni all'uscita. Soffriva, quando lei non veniva a scuola. E, quasi di più, quando lei e Marzia, allora inseparabili al punto da vestire uguali, gli chiedevano il permesso di sgattaiolare dalla scuola, come allora era possibile, proprio mentre lui entrava in classe. Per non mostrare troppo il suo attaccamento a Cristiana di fronte ai ragazzotti, accordava il permesso, ma si sentiva precipitare nel buio.

Le telefonava appena poteva, superando l'agitazione, l'umiliazione per la sua indifferenza, e anche il rischio che la madre (Cristiana era orfana di padre) si spazientisse. Una volta l'aveva chiamata, sapendo che la madre non era ancora tornata dal lavoro, all'una e mezza, mezz'ora dopo che si erano visti all'uscita di scuola. Lei, sorpresa, aveva riso in quel suo modo un po' gorgogliante. Lui, miserabilmente, se ne era sentito lusingato. Poi, con gli anni, nelle sue risate era riuscito a cogliere la forzatura fatta per compiacerlo.

Adesso, ricordandole, arriva a provare rimorso o rabbia. Come per quel viaggio fatto assieme a Milano. Dovendo, alla stazione, prendere la metropolitana, lui aveva chiesto indicazioni al controllore, seduto dentro il suo gabbiotto di vetro. Ma, poi, tornato verso Cristiana, si era accorto di non aver capito. L'imbarazzo di ritornare dal tipo e affrontarne l'impazienza, lo aveva fatto indugiare per una frazione di secondo di troppo, abbastanza perché la ragazza decidesse di andare lei, in due salti, al suo posto. E lui, allora, aveva temuto che lei scambiasse il suo impaccio per trascuratezza o pusillanimità. Lei poteva arrivare a capire di non poter contare, nonostante gli sforzi disperati di lui, su una vera protezione.

Via Urbana, l'altro ramo della biforcazione rispetto al Collegio di Spagna, rientra fra quelle che Assennati chiama «sfortunate dalla nascita». Dritta e nuda, per via dell'alto muro del collegio, è ancor più deprimente a causa della facciata del Distretto Militare, che sembra quella di un carcere. Adesso gli è anche più odiosa, comunque, dato che c'è il ristorante macrobiotico «Oggi si vola», dove Cristiana lo ha trascinato, gli pare, tre volte. «Oggi si vola» gli sembra, nella memoria, il luogo conclusivo del rapporto con la ragazza; cosa assurda, dato che non è stato affatto così. Ma le luci da cripta del locale gli avevano innescato dentro uno strano senso di liquidazione. Non c'era mai entrato volentieri.

Amava portarla, nonostante le modeste possibilità, in luoghi confortevoli, anche se sapeva che preferiva – anche lei! – le stamberghe esotiche. La scoperta, in Cristiana, di un gusto (per la cucina macrobiotica, per lo yoga o la medicina alternativa) diverso dal suo, aveva sancito un irrimediabile distacco generazionale.

Era seduta in quella specie di convalescenziario anche in occasione di un incontro casuale. Lei doveva essere, ormai, sui ventisei anni. Lui era entrato in quel purgatorio per telefonare. L'aveva vista scattare in piedi tra quelle luci da obitorio, o almeno, a giudicare dalla clientela (giovani mosci e barbuti, ragazze con facce acnose da lotta armata), da clinica.

Ricorda la propria commozione nell'ammirare, prima che sparisse dietro un tramezzo di compensato verde, lo scarto, quasi una piroetta, del suo passo in corsa. Per quel movimento, che metteva in evidenza il sedere dentro i calzoni, l'aveva ancora desiderata. Quella corsa sbarazzina era già, in un certo senso, un lusso. E, quindi, un dono.

22.

In Assennati si è sviluppato uno sguardo da archeologo. Gli viene naturale affondare l'occhio nelle strade, come se ognuna fosse fatta a strati. Cerca di ricostruire le varie epoche della sua vita. La cosa, vista la monotonia, non è facile. Ma gli piace capire quando e perché una data strada o zona è diventata materia della sua biografia.

Per via Urbana ha un interesse speciale. Si rivede bambino, in certe mattine in cui, per mano alla donna di servizio, andava a scuola. Per arrivare al San Luigi, si poteva svoltare per una qualsiasi delle stradine sulla destra. L'ultima, via Bocca di Lupo, era all'altezza del muraglione del Collegio di Spagna. Le altre erano via Altaseta, via Palestro e via dei Tessitori, «già via de' Mussolini», come dice una targhetta. Non è stata tolta, perché non si riferisce, come si potrebbe credere, al capo del fascismo, e all'intera sua famiglia, ma ai lavoratori della seta e della lana.

Era spesso preoccupato, perché andava male in aritmetica. Quasi sempre, la sera prima del compito in classe, vomitava per l'ansia. La preoccupazione, mentre la scuola si avvicinava, gli faceva preferire d'istinto le strade prima di via Bocca di Lupo, perché avevano delle giravolte. Sentiva il carattere fosco di via Bocca di Lupo, stretta e lunga, con i ciottoli neri, quando pioveva, come un segno di ineluttabilità, e ciò aumentava la sua angoscia. Preso dal dedalo di viuzze convergenti verso la scuola, di via Urbana a quel tempo non si interessava minimamente. Era solo un riferimento topografico, un mezzo per calcolare le distanze; oppure una stampa, un quadretto, per via della vegetazione che spuntava dai bastioni.

Anche il San Luigi appartiene al piccolo atollo dei ricordi buoni, prima della terra bruciata. Là ha avuto un centro, giorni pieni, sconosciuta ancora la lebbra della solitudine, del vuoto da riempire in qualche modo, che è stata la sua vita di dopo. Ricorda con piacere l'odore del lisoformio nei corridoi, il gran cortile con gli abeti. Nessuna soddisfazione successiva ha potuto pareggiare quella di certi bei voti nei temi, facendolo sentire, come per una breve follia, alto di una spanna sugli altri. Ma il ricordo più intenso è legato al sogno di recitare, nel bel teatrino. Un giorno, in seconda media, dopo il doposcuola, invece di tornare a casa, era andato a infilarsi nel teatro dove quattro o cinque studenti di liceo (gli erano apparsi degli uomini fatti) stavano provando la commedia di fine anno. Aveva assistito alla prova appoggiato, in piedi, al proscenio, orgoglioso che quei grandi non si sentissero disturbati dalla sua presenza. Così, l'anno dopo, saputo che si sarebbe recitata un'operetta con ragazzi più piccoli, dopo aver chiesto il permesso alla mamma, si era presentato al professore preposto, chiedendo di dargli una parte. Era suggestionato dai racconti che sua madre gli aveva fatto del suo passato di attrice filodrammatica a Milano. Era, sembra, bravissima, l'unica a recitare in perfetto toscano. Una sera, alla fine della recita, il commediografo Sabatino Lopez, molto noto in quegli anni, l'aveva avvicinata, chiedendole per quando era fissato «il salto in arte», cioè l'inizio della professione. Ma sua madre aveva già deciso di sposarsi e di lasciare tutto.

La parte che lui, Assennati, avrebbe dovuto recitare era marginale: doveva impersonare un maestro di sci, o di canto, non ricorda. E così, a Carnevale, il giorno che la recita si era svolta, vedendo quello che aveva preso il suo posto, non aveva rimpianto di averci rinunciato. Si era reso conto che la paura gli avrebbe impedito di entrare in scena. Tuttavia, vedendo come l'altro, intabarrato in un passamontagna, con baffi e barba, aveva recitato da guitto, sempre con le mani sui fianchi, si era sentito superiore.

Due anni dopo, quando in casa sua era entrata la televisione, lui era tornato a contatto con quel ricordo. Durante la commedia del venerdì, ogni tanto, fra sua madre e suo padre, che aveva anche lui recitato, ma senza talento, correva, all'apparizione di qualche attore, un'occhiata d'intesa. Ne avevano conosciuti, specie lei, diversi. Una volta uno, un certo Aldo Allegranza, era venuto a casa. Ma Assennati era rimasto deluso, vedendolo fare, tempo dopo, in una commedia leggera, poco più che la comparsa. Lo aveva riscaldato, invece, il racconto della madre, a pezzi e bocconi, circa la sua amicizia con Elio Jotta e Fausto Tommei. Li vedeva, infatti, comparire in tv abbastanza spesso. Tommei, bonario, gli era simpatico; Jotta, che aveva una voce metallica, poco.

Un giorno la mamma gli aveva raccontato che, ai tempi della giovinezza, Tommei, di cui era molto amica, si era sfogato con lei, sconsolatissimo, perché non riscuoteva abbastanza successo, un po' invidioso, forse, di quello che avrebbe riscosso sicuramente lei, che invece era uscita di scena.

Si è distratti, con i ricordi dei genitori, quando sono in vita. Poi, quando muoiono, del loro passato si diventa quasi avidi.

23.

Via Collegio di Spagna è da qualche anno, per Assennati, il regno di Marzia. È venuta a stare da queste parti (non ha mai saputo di preciso in quale fra i tanti vicoli e vicoletti) ancor prima di sposarsi col suo barbudo e di scodellargli il figlio. Una volta – lui passava in autobus – vedendola eccezionalmente prorompente di gambe e di fianchi e con le labbra a corolla, al solito semischiuse nella svagata aria di dileggio, lo aveva preso un'eccitazione furibonda. Senza indugio aveva dovuto dirigersi a casa, per masturbarsi. Solo più tardi, vedendola col figlio in carrozzella, ha capito che era così sontuosa perché già incinta.

Quando il desiderio di lei lo riprende, Assennati si masturba regolarmente. Lo preferisce di gran lunga al fare all'amore con una puttana. Per uno come lui, abituato a ferree selezioni, l'unica soluzione soddisfacente è questa: la partner immaginata agisce dentro la scena che lui costruisce, esattamente come lui vuole, come un'automobilina guidata da un congegno elettronico.

Marzia è adesso, come lo sono state le altre, prime fra tutte Katia ed Elisa, una «donna dello schermo». Lei e tutte le altre per le quali avverte attrazione servono a impedirgli di riversare il suo desiderio su Cristiana. La cosa, per lui, è importantissima. Il gioco è serio. Trasgredirlo gli sembrerebbe la vera corruzione. La regola dura da diciotto anni. Ogni volta che ha avvertito il pericolo che il corpo nudo di Cristiana venisse a occupargli la mente, è stato lesto a dirottare il pensiero su un'altra. Anche non farsi una sega può essere, a quanto pare, la prova dell'eterna dedizione.

24.

È lieto, comunque, che la «caduta ormonale» stia rendendo le sue tensioni (o tentazioni) sempre più rare. Ripensa alla durezza delle passate battaglie. Quando la ferita è arrivata, è stato sempre per caso. Un'estate, erano state le sue ascelle, la macchia dei lunghi peli umidi che, una mattina, lo avevano sconvolto. Un'altra, mentre lei si era chinata ad assicurare la bici a un'inferriata, ai suoi occhi erano apparsi, per un indugio che era stato breve, ma che gli era sembrato fin troppo lungo, i capezzoli dei piccoli seni. Probabilmente desideroso di confessarle la sua grande colpa, ne aveva scritto in una prosetta che le aveva inviato. Ma quando lei, tempo dopo, accennando alla cosa, aveva dichiarato di esserne rimasta seccata solo per un momento, non aveva osato indagare, entrare in quel varco che, inaspettatamente, gli era stato aperto, con una dichiarazione aperta e folle del suo desiderio. Oggi pensa che la sacralità del corpo di Cristiana è stata il suo più forte mezzo di difesa, nel presentimento, fin dal primo istante, che non l'avrebbe avuta mai. Per questo lo ossessiona una certa frase detta da lei: «Io, poi, sono il classico tipo che uno, magari, si scopa, senza dare niente in cambio». Tuttavia, questa frase, o l'episodio dei seni intravisti, non sono riusciti a stabilire un rapporto di confidenza tra la sua corporeità e quella di lei. Un giorno era squillato il telefono e gli era arrivata la voce esile e aspretta di Cristiana, mentre usciva nudo dal bagno. Preavvertendo il rischio, di sensibilizzarsi, di eccitarsi, l'aveva pregata di richiamare dopo tre minuti: il tempo di vestirsi, magari di mettersi persino la cravatta.

Ma non sempre gli è facile difendersi. Spesso, entrando in camera da letto, vede Cristiana nell'atto di stendersi: le gambe robuste e i piedi piccoli e magri, con le lunghe dita e le vene, simili a un delicato tratteggio azzurrognolo nella parte molle. L'immagine di quelle gambe in riposo, con i piedi offerti all'aria, si fa voluttuosa. Ipotizza che questa fantasia non lo visiterebbe se Cristiana, tanti anni fa, non fosse andata a rispondere al telefono, anche allora piazzato accanto al letto. Quei pochi secondi gli hanno lavorato dentro, forzandolo a immaginare l'impossibile.

25.

Con Marzia è tutto diverso. Con lei avrebbe il coraggio di raccontare per filo e per segno pensieri e desiderî anche indecenti. Arriva a immaginarsi che lei riuscirebbe anche godere, sadicamente, della sua sottomissione. Allora si immagina di chiamarla «señora», la parola più eccitante che conosce. Dopo la volta dell'autobus, l'aveva incontrata per la prima volta nei paraggi di casa propria, dato che lei ci lavorava. Erano seguiti altri incontri. Avevano stabilito confidenza, fino al punto che lei gli aveva parlato di contrasti in famiglia e di una sospetta malattia. Stranissima questa confidenza con Marzia, nonostante lei avesse mancato alla promessa di fare l'amore. Era accaduto al Roxy: gli aveva confessato di non essere indifferente, ma che doveva pazientare. Il motivo, anche se adesso non lo ricorda con esattezza, doveva essere un rapporto in via di liquidazione. Poi, mesi dopo, incontrato il padre, aveva saputo che era in ospedale, che era stata in pericolo di vita. Scosso, era montato in un taxi ed era andato a trovarla. Avevano parlato per due o tre ore. C'era stata la fase sgomentante, dopo l'asportazione della milza, della cura col cortisone, con i devastanti effetti della peluria cresciuta in faccia e delle guance sfigurate. Per un po' le era rimasto vicino. Lei, anzi, era venuta un paio di volte a trovarlo a casa. Ma poi c'era stato il distacco. In cuor suo non aveva creduto che ce l'avrebbe fatta a riprendersi. Invece, aveva avuto la sorpresa di incontrarla in strada con la faccia sgonfia, tornata normale anche per il resto. Quasi gli era parsa più bella. In realtà non era così. La pelle era molto sciupata, con tante piccole pustole qua e là. Il fiato, dalla bocca molto dipinta, si immaginava pesante. Ma le palpebre grevi, che aumentavano la sua aria svagata, la caricavano di una nuova sensualità. Quando gli aveva detto che, liquidato l'insipido barbetta con cui stava, si era sposata, era scattato l'odio per la mancata promessa. Da allora, nelle sue scene sadiche, le sue imperfezioni accentuano la voluttà. Naturalmente, Assennati sa di essere, col suo rancore, nel torto, di non potere, dopo essersi fatto di burro nel momento critico, pretendere niente. In quel suo accanirsi contro la povera Marzia individua l'abiezione. Ma non sa impedirsela. Forse, se la promessa di venire a letto non ci fosse stata, non sarebbe così violento. Ma c'è stata, e l'idea di quel corpo nudo imposseduto continua a ossessionarlo. Ora che si sente in liquidazione, quel rapporto mancato è diventato importantissimo, lo considera un fallito risarcimento per la sua gioventù quasi inesplorata.

26.

Adesso Assennati è in centro, sotto il portico di via Farini. Osserva il mutamento degli ultimi anni. Dell'entusiasmo, una vera e propria vibrazione nel cervello, che lo prendeva un tempo, non c'è più traccia. Sfiondarsi sotto i portici del Pavaglione aveva voluto dire prepararsi all'avventura. Oggi, tanto per cominciare, e mettendo anche da parte la sua inadeguatezza, manca la materia prima. Calcola che, ormai, sono sette o otto anni che ha smesso di filare le ragazze della scuola. Quando le incontra, l'invisibile involucro dei cinquant'anni lo spinge a un saluto indifferente e via, che, oltretutto, gli risulta spontaneo. Non senza stupore ha notato che, rispetto ai tempi d'oro di Cristiana e delle altre della stessa infornata, non riesce a provare, per le lolite delle nuove generazioni, il medesimo interesse. Dieci anni prima, quel giorno che, uscendo da dietro la cattedra, si era accorto che l'eccitazione gli aveva prodotto sui calzoni chiari una tonda macchia inequivocabile, si era sentito imbarazzatissimo.

Oggi simili incidenti li desidererebbe. I casi sono due: o quando i muscoli, le reni e il resto cominciano a perdere colpi, se ne va in acqua anche la capacità di guardare, e se è così, vuol dire che è sulla strada del rimbambimento; oppure le ragazzine un tempo concupite, gasate dall'idea di essere donne liberate, avevano un diverso sprint sia pure fasullo. Adesso, le eterne bambine hanno smesso di esaltarsi per la politica, la liberazione, la macrobiotica, l'anoressia e l'ecologia: sono tornate all'ansia per il compitino, per l'interrogazioncina, per i jeans. La scopata facile non le rende mature. Lui, per i nuovi giovani, ha coniato la definizione di «bambini chiavatori».

Quelle della vecchia guardia, invece, o per lavoro, o per delusione, o per il matrimonio, sono tutte letteralmente sparite. Così, il centro gli si è svuotato di facce conosciute. Intorno, gli circola un popolo estraneo. La verità è che negli ultimi vent'anni, che gli sono volati, non un giorno si è preoccupato (se ne rende conto solo adesso) di consolidare dei rapporti con dei coetanei; anzi, la sua preoccupazione è stata sempre quella contraria; di evitarli, di sfuggire a tutti gli ami. Ha vissuto col pensiero fisso su un universo femminile di minorenni. Adesso, paga il conto della sua follia.

Le passeggiate in centro di Assennati si sono fatte perciò rare e brevi, casuali, come oggi. I trent'anni della dannata aratura a vuoto, adesso che non ha più speranza di un cambiamento nella sua vita, gli hanno scatenato una specie di insofferenza per i luoghi. Quando gira per di lì lo prende la sensazione del labirinto. Non c'è un'immagine che arrivi a sorprenderlo, a scoppiargli dentro gli occhi.

Un tempo, dopo aver fatto su e giù quattro o cinque volte nel ferro di cavallo formato dal Pavaglione e dalla Galleria Cavour, o per l'imbarazzo di continuare a mostrarsi alle commesse dei negozi, oppure per mancanza di incontri, finiva sempre per dirottarsi in qualche strada vicina. Erano arrivederci brevi. La smania lo riportava presto nel cuore del carciofo urbano; i dirottamenti avevano un puro scopo di ricostituzione psichica, di recupero della dignità. Adesso, a spostarlo dal ferro di cavallo non basterebbero gli argani. La ragione delle nuove deambulazioni, che è solo quella di una boccata d'aria prima della clausura pomeridiana, gli ha tolto ogni imbarazzo. È sicuro che anche gli altri capiscono che non sta più lì con sguardo da nibbio. Al punto in cui è, togliersi dal centro e dalle confortevoli vetrine, avrebbe lo stesso significato che spostarsi a San Ruffillo o San Lazzaro per fare quattro passi.

Le strade disertate (lui usa tra sé la parola «potate») gli servono per sollevare altre stratificazioni. Ad esempio, via Indipendenza, la brutta strada, vagamente malavitosa man mano che si avvicina alla stazione, ha avuto per lui un momento d'oro. È stato al tempo del primo dei due grandi amori che gli hanno succhiato la vita: protagonista, una certa compagna d'Università, da lui amata dai ventitré ai trenta, prima che si mettesse con un giovane industriale di mangimi. Erano stati gli anni delle lunghe «vasche» su e giù, in attesa di vederla apparire all'ora di pranzo e cena. Ha memoria di certi geli, in gennaio e febbraio, di pomeriggio tardi, dolorosi da far gridare. Adesso via Indipendenza, da venti e più anni, per lui ha smesso di esistere. A volte prova una specie di rammarico per la pigrizia che gli impedisce di percorrerla, al puro scopo di rallegrarsi per la raggiunta indifferenza; magari, per darsi dello stronzo, al pensiero di quando il suo istinto era quello di trasformare in santuario i paraggi della casa di lei, di dare un significato a ogni singola pietruzza. Non mastica più risentimento: in amore, la vendetta serve solo quando non è tramontato. È una sciocchezza che sia, come si dice, un piatto da mangiare freddo. Già adesso sa che anche Cristiana, un giorno, gli si sgonfierà dentro come un sacco e amen.

27.

Da via Indipendenza, venticinque anni prima, ha rischiato di riportare a casa un bel ricordino.

In quegli anni andava spesso a puttane, già allora incarognendosi per il modestissimo piacere che ne ricavava. Rimpiangeva che non ci fossero più le case di tolleranza, rimaste a lui ignote e dove, abitudinario com'è, è sicuro che si sarebbe fatto «l'ambientino». Era, ahimè, costretto a cercare per strada e, siccome non guidava la macchina, a trascurare i viali, per puntare dalle parti di via Indipendenza e della stazione. Appunto sotto un portico poco prima del piazzale della stazione, ma ritirata in un angolo, sotto un portone, una notte aveva attirato la sua attenzione una che gli pareva diversa dalle altre. Intanto, nel semibuio, gli era parsa un po' più anziana delle solite stazionanti. Ma, soprattutto, lo aveva colpito il fatto che non facesse nulla per mettersi in mostra. Aveva un cappottino da impiegata, nero o marrone, del tutto privo di segni di richiamo. Il suo atteggiamento, silenzioso e paziente, gli era parso che avesse, però (adesso gli viene da ridere, a ripensarci), qualcosa di lirico. La delusione per la sguaiatezza di quelle che aveva finora sperimentate, lo aveva spinto ad avvicinarsi. Gli era sembrato di avere visto giusto: la donna, magra, anche durante la contrattazione (gli aveva dato del lei), aveva avuto la modestia che avevano, nel dopoguerra, le donne di servizio che si presentavano a casa, più che altro per svernare lontano dal paese. Ma, mentre si dirigevano verso l'albergo, lo aveva preso una specie di sgomento. Va bene che, per un capriccio, aveva voluto andare con una donna più vecchia di lui, ma, adesso che la vedeva in luce, capiva che non aveva quarant'anni, come gli era parso. Questa aveva chiaramente passato la cinquantina da un bel po'. Cominciava a capire che la sua riservatezza dipendeva dal fatto che non riusciva più a raccogliere clienti. Così, il disgusto che aveva cominciato a provare per quella vecchia faccia, per quei capelli color topo, raccolti indietro, lo aveva spinto istintivamente a distanziarla, esagerando un costume diffuso, di dieci metri. «Ben, ma ti vergogni tanto di andare con una di noi?» La voce che lo aveva raggiunto alle spalle, grondante lagna bolognese, lo aveva totalmente spoetizzato. Gli era venuta l'idea di dare alla vecchia i soldi e andarsene. Lo aveva trattenuto, ridicolmente, la pietà. Anche se, da iniziatrice esperta al piacere, la donna gli si stava trasformando in nonna.

Comunque, non aveva avuto modo di decidersi, perché, a un passo, c'era l'albergo. Come al solito, accanto al bureau, oltre al portiere (il ruffiano) c'era un'altra faccia da magnaccia, di certo un protettore in condominio fra le clienti, messo lì per ogni evenienza. Vedendo con chi lui si stava accompagnando, non avevano, da veri professionisti, mosso ciglio. Lui, invece, ormai si vergognava decisamente. Ma si sentiva incastrato.

Aveva dovuto assistere allo spogliarello completo. Gli faceva un effetto stranissimo vedere una donna di quell'età che si metteva nuda per lui. Era ormai flaccida. I seni non si capiva più che cosa fosscro, i piedi apparivano deformati. Ma, intanto, si era spogliato anche lui. La vecchia troia era contenta. Era chiaro che si sentiva lusingata. «Vedrai come ti faccio godere» aveva bisbigliato. Capiva che la sua carne tenerella costituiva per lei una vacanza. Era per quello che, contrariamente alla norma, si era tolta tutto. A rigore, era lui che avrebbe dovuto essere pagato. Poi – orribile pensiero – gli era balenato che la vecchia intendeva fare tutto senza il preservativo. Era già, infatti, in posizione d'attesa. Era chiaro che, a colpo d'occhio, aveva stabilito che quel venticinquenne non poteva che essere sano come un pesce. Ma lei, chissà, invece, come era impestata! Questo aveva salvato la situazione. L'uccello gli si era, suo malgrado, sollevato. Le aveva detto che voleva che lo lavorasse con la mano. Era parsa delusa, ma, mentre lui si stendeva, si era messa all'opera. Erano passati forse dieci secondi, quando lui, sentita una fitta, aveva fatto un balzo sul letto. Spaventatissimo, aveva visto che stava colando sangue. «Non è niente, è solo il filetto che si è rotto» aveva detto la donna, ansiosa. «Il filetto?» aveva ripetuto lui, attonito. Non sapeva di cosa diavolo stesse parlando. Che gli avesse rotto il cazzo come un grissino? Ma non sentiva molto male. Un attimo dopo, mentre la donna ripeteva, premurosa e querula: «È il filetto, è il filetto» già si stava rivestendo. Ma era terrorizzato, quasi che la sifilide potesse attaccarglisi per quel maldestro colpo d'unghia di lei.

28.

Il secondo braccio potato è via Zamboni, la strada dell'Università. È a causa di Cristiana, che l'ha troncato. Per anni, al suono della campana di mezzogiorno di San Bartolomeo, era stata regola, per lui, inoltrarcisi nella speranza, quasi mai delusa, di incocciare in qualche ex cocchina, di ritorno da lezione. Finché un giorno, due anni prima, mentre si dirigeva alla sua banca, in quella stessa strada, aveva incrociato Cristiana assieme a un'altra donna. Lei, però, che guardava seria e silenziosa davanti a sé, non lo aveva visto. Scombussolato, aveva capito in un lampo che doveva avere finalmente ottenuto il trasferimento a Bologna dall'ufficio di Ferrara dell'ente dove lavorava ormai da qualche anno.

Era stato uno smacco che lei si fosse trovata un lavoro da sola. I tentativi, che lui aveva fatto per aiutarla, erano stati fiacchi, ostacolati dai frequenti musi, da lunghi periodi – una volta un intero anno – di separazione, dalle attese vane di essere ricercato da lei.

Dopo l'incontro imprevisto, lui aveva camminato con slancio fittizio, per superare l'improvviso vuoto allo stomaco, il calore alle tempie. Solo dopo venti metri si era voltato a osservare il suo passo caracollante, «da orsetto» le aveva detto nei tempi buoni, in tempo per vederla sparire sotto le Due Torri. Gli era parso un fatto quasi arcano, dopo la confidenza che c'era stata, avere dovuto lasciarla passare così, senza fermarla, come l'appestato che ormai era.

Chi gli ha casualmente raccontato che, al presente, Cristiana non è ancora sposata ed è andata via dalla casa della madre, ma solo per trasferirsi lì vicino (di certo, pensa Assennati, nell'appartamento della nonna, morta da qualche anno) ha sconvolto il fragile equilibrio con cui lui ha fronteggiato per anni il ricordo di lei. Convinto che, passati i trenta, anche lei avesse tirato i remi in barca, col solito matrimonio di sistemazione dopo gli anni di vita allegra, la sua sparizione dal centro gli aveva instillato il sospetto che avesse cambiato città. Sicché il sollievo era prevalso sulla malinconia. Prima, dopo il suo addio, vederla per caso in strada aveva avuto sempre come conseguenza lo stravolgerlo per quattro o cinque giorni. Poi aveva puntato sul vantaggio di non essere, almeno, costretto a vederla al braccio di un marito. E, a poco a poco, il suo sguardo, sempre istintivamente in cerca di lei, si era fatto più calmo.

Era stato quasi certo di sapere chi era, il marito: il moscardino, asciutto di figura, e con i baffetti all'inglese, con cui l'aveva vista un inverno.

Quella volta anche lei, dietro gli occhiali scuri, da cui non si separava in nessuna stagione, lo aveva visto.

Assennati aveva fatto da tempo la scoperta, per cui si considerava uno sfigato di prima classe, uno iettatore contro se stesso, che le deduzioni pessimistiche che faceva si rivelavano regolarmente giuste. Questo aveva finito per offrirgli un mesto controllo sul proprio destino. Adesso la scoperta che le cose stanno diversamente da come aveva ipotizzato, gli ha portato sconquasso. Certo, il sapere Cristiana ancora libera, gli ha dato un folle sollievo, ma le difese sono crollate. Il suo occhio, per strada, è tornato timoroso. Il senso di stremata dolcezza degli ultimi tempi, nell'andare in giro, si è bruscamente interrotto.

Più che mai, perciò, si tiene alla larga (come sempre ha fatto anche quando la frequentava ma non era previsto di vedersi) quasi potesse, così, illudersi che lei è emigrata in un altro continente, sparita dai luoghi dei loro incanti, ad esempio dalla grande piazza periferica dove, quindici anni prima, quando lei gli aveva telefonato che l'appuntamento saltava, perché c'era una manifestazione settantasettesca (aveva vent'anni, faceva il primo anno di Università) lui, gasatosi con un finto timore di tafferugli, era montato in un taxi e l'aveva raggiunta. Era un pomeriggio di sole. L'aveva trovata tutta sorridente, elegante nel suo impermeabile color ghiaccio. Vedendolo, aveva scherzosamente aggrottato le sopracciglia e riunito le dita della destra, scuotendole come per dire: «Beh?». Poi gli aveva spiegato che, non avendo potuto «fare il Sessantotto», voleva «fare almeno questo». Aveva avuto un gesto indicativo col braccio. Ma la faccenda non mordeva, la piazza non era affollata. «Scemi, scemi» sbraitavano allegramente gli studenti all'indirizzo di un elicottero della polizia. Cristiana rideva, al solito con la bocca atteggiata in modo birichino e al tempo stesso classico, le belle labbra morbide largamente aperte sui denti regolarissimi. Era stato sempre, per lui, fonte di mistero il contrasto tra quel sorriso aperto, giocoso e luminoso e l'indicibile aria di mistero di quando era seria. D'istinto aveva sempre pensato a due anime diverse.

29.

Afferrata Cristiana per un braccio, l'aveva condotta di corsa al primo piano di un casamento il cui portone era aperto. Per quella protezione aveva provato un'esaltazione indescrivibile. Pensava, come in sogno, che tutto era un po' come in *Fronte del porto*, quando Marlon Brando, dopo che gli sgherri hanno preso a martellare con le stanghe la fiancata della chiesa, intercettata a volo l'incerta Eve Marie Saint con un secco «Dove vai?», la conduce abilmente in salvo. Una delle scene che gli erano piaciute di più; assieme all'altra, verso la fine, quando Brando, col suo giubbotto a scacchi, fatta irruzione nella stanza nell'esatto momento in cui la brividente musica di Bernstein rispunta magistralmente al diapason (tatata tatatata) grida alla discinta Eve Marie Saint: «Ivy, tu mi ami!». Da piccolo, questa scena, al Cinema Imperiale, gli aveva fatto venire lo struggimento. Per la prima volta aveva avuto chiara la coscienza, deliziosa e drammatica, di un amore fra uomo e donna. La voce pastosa del doppiatore Emilio

Cigoli, tesa in quel grido, aveva fatto entrare nella sala la vittoria della passione, nonostante tutto, sulle avversità insidiose della fumosa e ostile New York portuale.

Intanto, giù, uno stronzo che conosceva, già caporione ai tempi del Sessantotto, si era messo a dirigere le «operazioni di difesa», ridicolo con le sue arie da Masaniello in quella rivoluzione da burletta. Cristiana guardava, tutta felice, neanche accorgendosi di quello che a lui, Assennati, stava accadendo: semplicemente, che in quel giorno d'aprile assolato e freddino, lì accanto a lei su quel pianerottolo ingrigito, la stava desiderando (forse, aveva pensato in seguito, anche per quel minimo profumo di pericolo) letteralmente «da morire»; soffrendo per lei nella sua carne, come non ricorda che mai gli sia accaduto, né prima né dopo. Adesso, a tanti anni di distanza, il grigiore di quel pianerottolo, in un quarto d'ora di appartata sosta, calamita la sua mente verso un senso di irrealtà.

Fra tutte le ossessioni, comunque, quella del cavalcavia, che portava a casa di Cristiana resta la peggiore. Purtroppo, è da lì che si deve uscire, in macchina, per raggiungere tutta una vasta zona periferica, oppure per uscire dalla città. Tutti i luoghi, che per una ragione o per l'altra lo riguardano, sono, a causa della nuova mania del decentramento, in zona Fiera. Nel momento in cui, curva dopo curva, capisce di essere caduto in trappola, comincia ad avvertire il malessere. Lotta contro l'istinto di chiedere, a chi lo sta scarrozzando, di cercare un'altra strada. Naturalmente è peggio che ai tempi di Giampiero, quando Assennati si fermava a guardare il cavalcavia da lontano. Ha il senso, durante la salita e poi la discesa, a causa del cambio di marcia, di subire un atto di brutalità che gli manda la mente in pappa.

L'ultimo attraversamento gli ha riaperta nella memoria una ferita quasi dimenticata, il ricordo delle poche volte che aveva accompagnato a casa Cristiana a piedi. Quasi sempre era accaduto di pomeriggio tardi. D'improvviso, si è rivisto, dopo l'accompagnamento, nell'atto di riattraversare, nell'oscurità e col passaggio violento delle auto nei due sensi, il cavalcavia. Ogni volta, al culmine della salita, gli era stato inevitabile considerare la possibilità, per Cristiana, di osservarlo, in quel momento, dall'alto, con tutto agio. Ma, intuendo che lei, invece, non lo stava guardando per niente, aveva rintuzzato la tentazione folle di girarsi verso il rettangolo di luce della camera della ragazza. Come un ladro, accelerava il passo, ansioso di mimetizzarsi e sparire.

30.

Altre strade potate, eliminate, dal suo albero urbano, sono via D'Azeglio e via Castiglione. Via D'Azeglio, parallela al Pavaglione, è per lui fenomenale, perché non ricorda un solo giorno, in età adulta, in cui l'abbia percorsa per un impegno preciso: l'ha sempre imboccata per il solo piacere di camminarci. Intende, per via D'Azeglio, non tutta la strada: solamente un segmento, l'isola pedonale, dai bolognesi pomposamente chiamata «il salotto». È da quando lui era piccolo che quel pezzo di strada ha un'importanza magica, per la presenza del negozio dei Fratelli Rossi, negozio di giocattoli. A Natale, la mamma, ricevuta da lui la lista dei regali, la consegnava all'Angelo. Ma lui era certo che l'Angelo, per rifornirsi e fargli trovare la roba sul tavolo di cucina, la mattina del 25, faceva visita ai Fratelli Rossi.

Via Castiglione è già un po' appartata. Per raggiungerla bisogna compiere un atto deciso, percorrere un lungo tratto di via Farini. Nonostante la bellezza dei portici e i palazzi signorili, il senso gremito e affabile dell'insieme gli dà disagio. Questa strada è il simbolo forse più malinconico del suo passato. Gli affiora alla mente il numero, davvero incalcolabile, dei pomeriggi domenicali estivi, passati da solo, su e giù, nel sole funebre, sotto il Pavaglione. Alla fine, immettersi nella ancor più solitaria via Castiglione era un atto di follia.

Del resto, hanno perso il sugo anche le visite in Galleria Cavour. La galleria gli era sembrata un luogo un po' sbandato, per via del grande atrio in fondo, con le tre aperture a tutti i venti, e le boutiques smorte. Ma l'ha amata; almeno finché c'era il Caffè Viscardi. Torna al tempo dell'Università, quando lì, verso sera, sfidava il gelo. A quel tempo il suo caffè era Zanarini, il più chic di Bologna, dove Ennio, l'impeccabile cameriere dalla perfetta scriminatura dei neri capelli, volteggiava fra i tavoli agilissimo. Pareggiava, con la sua gentilezza, la cafoneria dei baristi dietro il banco, allora come oggi spocchiosi per il fatto di servire nel locale numero uno della città. A lui, Assennati, fin da ragazzo, quando sedere da Zanarini poteva intimidirlo, Ennio era parso la colonna portante del locale, quello che si dice un raro esempio di fedeltà. Poi, quando era andato in pensione, la notizia che, ritiratosi su qualche monte, si era messo ad allevare polli e, soprattutto, non si era fatto rivedere neanche una volta, lo aveva esilarato. Gli piaceva immaginarlo, non più in giacca bianca, camicia con papillon e calzoni neri con cui si era esibito per vent'anni, ma in calzoncini corti e cappellaccio.

In quegli anni il Caffè Viscardi era un ripiego: ma lo attraeva lì il suo strano sentore d'anteguerra, i pochi tavoli di fianco alle vetrate dei dolci e la scala a chiocciola accanto alla cassa, con l'irresistibile senso di clandestinità prodotto dalle gambe femminili quando vi si avvitavano lente e solenni.

Un tempo, a Bologna, dire di uno «è un tipo da Viscardi» voleva dire «è un busone». Lui lo aveva sentito raccontare da suo padre. Ma suo padre si riferiva certamente al vecchio Viscardi di via Rizzoli. Il Viscardi visitato da Assennati non si prestava a nessun sospetto; era frequentato pochissimo; e la scarsa clientela gli aveva sempre fatto pensare che, prima o poi, sarebbe scomparso (ed era successo), trasformando i suoi clienti in fantasmi.

31.

Da tempo Assennati prova insofferenza per Bologna, per la sua anima dannatamente geometrica. La prima idea di questo disagio gli è venuta un giorno mentre svoltava a un angolo di strada, sapendo che, oltre, non c'era niente per lui. Tutti questi angoli retti gli hanno tagliato la vista della felicità. Sogna una città asimmetrica, certamente più piccola. Va col pensiero a certi centri italiani, come quello del film *I delfini* di Maselli: luoghi così concentrati che è impossibile che non vi respiri la vita. Gli piacerebbe essere come Claudio Gora, il vecchio porco che, dopo avere scopato la Cardinale, nell'ultima scena, si ritira soddisfatto nel guscio dello stipato caffè domenicale.

Certo, dove c'è dell'acqua, come a Trieste o a Napoli, gli sembra che la sua anima respirerebbe; questo solo fatto basterebbe ad ancorarlo al luogo, apolide come si sente, per natura e anche, forse, pensando alle due regioni, lontane fra loro, dei suoi genitori. Quando pensa a quei lontani paradisi acquatici, il senso terragno di Bologna, stretta fra i campi, al punto da fargli sembrare tristi anche le colline circostanti, gli scatena un soffoco, un'allergia mentale.

Non gli dispiace neppure Firenze. Ha sempre pensato che a Firenze prevalga un'anima femminile, come a Bologna un'anima maschile. Infatti la lingua fiorentina, deliziosa per grazia nelle donne, negli uomini è un po' leziosa.

32.

Sotto il portico di via Farini, è inevitabile e sgradevole, che gli torni in mente Teresa. Non una sua allieva, una delle tante ragazze incantonate nei corridoi. L'attrazione era scattata per un dettaglio: invece di iscriversi all'Università, si era messa a studiare qualcosa che c'entrava con le erbe. A un tratto, quella paffuta faccia, modesta e pallida, si era associata in lui all'idea di laboriosità e purezza. Gli era piaciuto, quando l'aveva incontrata, anche com'era vestita: un tailleur chiaro, con gonna démodée, lunga oltre il ginocchio, adatta alla sua aria di ragazza senza grilli. Era andato a un pelo dal conquistarla. Diluviava, quel pomeriggio. Era riuscito a convincerla a mettersi in macchina e ad andare a casa sua. Poi, per mezz'ora, davanti al paesaggio sconvolto e plumbeo che vedeva dalla finestra, gli era parso che la sua eccitazione si stesse nutrendo di quel clima tempestoso. Purtroppo era squillato il telefono ed era stato costretto ad uscire e a dirottarla dentro un taxi.

Era tornato a cercarla d'estate. Non indossava più il tailleur; era vestita con calzoni e maglia neri, molto aderenti. Così, la sua figura aveva qualcosa di ragnesco. Grazie a una delle solite stupide diete, aveva perso almeno dieci chili. L'effetto era disastroso. La faccia, nerissima di sole, prosciugata. Gli occhi, non più paciosi e ironici, saettavano. Il peggio era il naso, ridotto, per via dello smagramento e dell'abbronzatura, a un uncino. Anche i modi, da affabili, erano diventati cauti. Infatti, al telefono, si era affrettata a prevenirlo che, adesso, aveva il ragazzo. Lui aveva immaginato il solito polifemo sportivo e limitato. Tuttavia, invece di portarla a mangiare, vista la delusione, in una pizzeriaccia, aveva finito per portarla nel ristorante di via Dal Luzzo, a due passi dalle Due Torri dove, quando era in soldi (ma una volta aveva dovuto farseli prestare dall'amico Giampiero), tirava ad andare con Cristiana. Ne era uscito con l'angoscioso sentimento di aver commesso una profanazione.

Dopo Cristiana, nel prestigioso ristorante ci torna solo raramente, sforzandosi di rintuzzare la malinconia. Ma poi lo sguardo gli va sempre all'angolo dove si isolava con lei. I pranzi gli sembrano un rito funebre. Quando esce, verso le due, il suo senso di vuoto è aumentato dai massicci colonnati di piazza della Mercanzia, a quell'ora deserta. Impressione sconosciuta ai tempi in cui ci portava Cristiana. Si trattava infatti di cene; nella tenebra, il pietrame spariva.

33.

Improvvisamente, dalla vetrina di un bar, che diventa il suo specchio di Alice, emergono i volti della «pazza» e della «vaccona».

La «pazza» è la zitella a cui, trovandosi entrambi seduti, un pomeriggio, dietro la cattedra, per una sorveglianza, aveva cacciato a un tratto una mano fra le cosce. La chiama «pazza» per via degli occhi fissi e strabuzzati, e del labbro inferiore pendulo. Poi, nel ricordo, l'ha trasformata in una di quelle minorate che, disponibili al sorriso e al contatto, mostrano di aver bisogno di farsi montare. Anche lei era famelicissima d'amore. Aveva subito bloccata, con immediata complicità, la sua mano, e la bocca, davanti agli scolari, le si era espansa dal piacere. Questi, vedendola rollare contro il bordo della cattedra, dovevano avere subodorato qualcosa. Oggi, Assennati non ricorda più che diavolo l'avesse preso: ricorda solo che quel giorno, prima di andare a scuola, si era ingozzato di cibo e di vino. Aveva avuto l'impulso di trascinare la donna, con sedere e gambe di prim'ordine, anche se squallida di faccia, in una stanza vuota. Rabbrividisce pensando che, senza il preservativo, e in posizione scomoda, avrebbe anche potuto ritrovarsi padre di un essere col labbrone.

La «vaccona», invece, è l'allieva delle lezioni private con cui è andato a letto. Era successo il giorno stesso che si era presentata. Era sui diciotto, viso massiccio, folte sopracciglia, figura corpulenta. Dimostrava ventiquattro o venticinque anni. Per capire di che si trattava, gli era bastato notare la sua ridente disinvoltura. Era chiaro che la lezione era un pretesto e un diversivo. Ricca, com'era risultato dai primi discorsi, e totalmente libera, studiava a tempo perso all'Istituto d'Arte, notoriamente zeppo di troiette col fuoco nelle mutande. E così, aveva subito sospettato che, se era venuta, era stato perché incuriosita dai discorsi su di lui di un'altra allieva, che gliel'aveva indirizzata. Perciò, passati appena dieci minuti, mentre lei, occhieggiandolo, prendeva appunti, senza stare tanto a pensarci, si era chinato sul foglio, fingendo di leggere, quindi l'aveva baciata sulla bocca. Poi, per un po', si era divertito ai suoi finti timori, alle pudibonde resistenze. Morale: dopo averla spogliata in tinello, se l'era trascinata per mano in camera, in mutande. Ma aveva capito di aver ceduto a un impulso disgustoso. Quel gran corpo, con grandi mammelle, e profumi e sudorini, gli era risultato estraneo. Per giunta, un gesto preliminare aveva peggiorato le cose. Forse per illudersi che, al posto della gran nappa che si ritrovava, ci fosse un nasino grazioso, gliela aveva accarezzata, scoprendola setolosa. Dopo l'orgasmo, lei, per godersi l'affare, gli aveva imposto di restare dentro per un po'. Aveva provato la stessa sensazione di chi, fatto il bagno in mare, non ha l'asciugamano e deve raffreddarsi all'aria.

Il periodo della «pazza» e della «vaccona» era stato il periodo della disponibilità e della scomposizione. Chiama «scomposte», cioè fuori quadro rispetto alla sua passione per Cristiana, le donne, abbastanza numerose, che, pur giudicandole insoddisfacenti, si è sforzato di farsi piacere. Si ricorda telefonate, passeggiate, soste ai bar, uscite serali. La sua tecnica di presa era stata di attaccarsi ad una singola qualità; alla parte, insomma, illudendosi che fosse anche il tutto. Una volta era stata la voce, un'altra un tic piacevole; un'altra ancora un'espressione facciale o il portamento. Aveva cercato, con buona volontà, di farsi catturare. Pensando alla relativa facilità con cui i suoi conoscenti si erano «accasati», provava angoscia al pensiero di non riuscire, lui solo, a fare altrettanto. Ma, meditando sulla devastante attrazione per Cristiana, aveva dovuto riconoscere che, in lui, la capacità di adorare la bellezza era direttamente proporzionale all'impossibilità di conquistarla.

Il ricordo migliore, seppure intinto di amaro, resta Flavia. Aveva conosciuto Flavia Gamberini (cognome diffusissimo a Bologna) un certo anno in cui, per ragioni di graduatoria, era stato costretto a lasciare momentaneamente la sua scuola. Era finito in un istituto professionale, dove aveva incontrato Flavia in perenne tristezza, perché non le andava di studiare. I suoi strepitosi seni, nelle lunghe chiacchiere in corridoio, mentre ascoltava le sue lamentazioni, gli avevano causato memorabili erezioni. Flavia aveva allora solo sedici anni; e lui non se l'era sentita di rischiare. Ma di quelle erezioni, doveva essersi accorta, perché gli telefonava con voce allegrissima dicendo: «Sono Flavia, si ricorda di me?» con la E di «me» aperta.

Una sera, ben sei anni dopo, lei gli aveva proposto di fargli visita, anche se scortata dal fidanzato. Aveva accettato, per masochistica curiosità. Ormai ventiduenne, Flavia era cambiata al punto da sembrare un'altra. Un tempo aveva avuto i capelli lunghi e selvatici; adesso li portava corti e ricci. Ma il guasto peggiore era che aveva perso quella sua buffa, cogitabonda tristezza che, anni prima, gli era sembrato che andasse a comunicarsi alle sue tette, tristi anche loro di non essere adeguatamente valorizzate.

Quasi subito c'era stato il colpo di scena. Il moroso, un giovanottello smilzo e incolore, se ne era andato dopo pochi minuti, a causa di un impegno. Sarebbe ripassato a prenderla più tardi. Lui, appena uscito, doveva aver mostrato meraviglia, perché Flavia, quasi rispondendo a un'avance, gli aveva precisato che, in realtà, quelli erano gli ultimi giorni che stavano insieme. Avevano deciso di comune accordo di non essere fatti l'uno per l'altra.

Ma neanche questo l'aveva smosso. Flavia era belloccia, ma per lui ora mancava di quell'aria di frutto selvatico. Perciò, dimentico che un tempo avrebbe venduto l'anima per trovarsela in casa, aveva continuato a parlare di cose futili, annoiandosi e annoiandola.

Tuttavia, proprio nel momento in cui, all'ora stabilita, la stava riaccompagnando alla porta, un impulso poco convinto, forse automatico, lo aveva spinto a posarle un bacetto sulla guancia. Immediatamente, lei gli si era appoggiata a corpo morto, offrendogli la bocca. Allora aveva capito che, per tutte le due ore, non aveva atteso che la sua iniziativa.

Nel penetrarla, ripensando all'indugio di quei sei anni, lo aveva attraversato un'ombra di rancore. Era evidente che tutte le telefonate erano nate da quella tentazione. Peggio per lei, se si era decisa troppo tardi.

Gli è accaduto di rimpiangerla. Per via di quelle telefonate intermittenti. La voce cordiale che ogni tanto spuntava al telefono, era stata, lo capisce ora, quel famoso richiamo della vita che, tante volte, aveva lamentato di non ricevere.

34.

Decide, prima di attraversare piazza Galvani e raggiungere il Pavaglione, di entrare al Bricco d'Oro per un cappuccino, ma subito se ne pente. Nel piccolo spazio la cagnara gli risulta insopportabile. L'animalità dei nuovi professionisti, avvocatini, commercialisti, industrialini, marketingari (con le stesse facce dei bifolchi ritratti dai Carracci e da Guido Reni) lo esaspera. Nel registrare la banalità dei discorsi, di nuovo si chiede per quanto tempo questa nuova borghesia, subentrata a quella dei suoi ricordi, la farà da padrona; quando, scoperto il retrogusto dei soldi, comincerà a dubitare del benessere.

Anni fa un esperto gli ha detto che chi desiderasse mangiare roba assolutamente genuina non ha che da scegliersi il territorio più schifoso e brullo e lì, con santa pazienza, cominciare a seminare. Da tempo ha provveduto a trasformare questa notizia in apologo. Se ne ricorda sempre in questi momenti. Per intanto, in un gruppo di abbronzati si parla dell'eventualità o meno di andare a sciare, per il fine settimana. Le giovani voci metalliche sono impazienti, impudiche e voraci. Anche lo sci (come il tennis, la vela, l'equitazione e il golf) è, per la nuova classe, già routine; come, quarant'anni prima, le gite al mare col fagottello, a Rimini o a Marina di Ravenna. A Marina di Ravenna, nel dopoguerra ancora chiamata Porto Corsini, l'acqua era chiamata «pisciulina», a causa del cloro erogato a vagoni. Gli viene da ridere pensando che non uno di questi arricchiti rinuncerebbe all'acqua minerale. Ha, anzi, notato che otto persone su dieci la vogliono con le bollicine. Anche i palati vogliono essere, oggi, sempre sotto pressione.

35.

Mentre attraversa piazza Galvani, Assennati si ripete automaticamente, come sempre in quel punto, che la preferisce a piazza Maggiore. Ha simpatia per la brutta statua dello scienziato che legge un trattato sulle rane. Ricorda l'antico detto: «È più facile che Galvani volti la pagina» con cui, a Bologna, si indica un'ipotesi molto improbabile.

La verità è che lui si è fissato che piazza Galvani sia sempre «il luogo più invernale» della città. E il freddo, o la sua idea, stimola il suo metabolismo. D'inverno gli piace, appoggiato alla vetrata dello Zanarini, assaporare il gelo compatto di fuori, il colore grigio delle pietre della pavimentazione. È solo quel grigio che lo porta a compiacersi, qualche volta, di vivere in una città padana. Va con la mente alla solenne nebbiolina delle campagne piatte, a certe case coloniche viste dal treno che sembrano immerse in una pace assoluta.

Così, potrebbe stare fermo per ore, come davanti al fuoco, o in faccia al mare. Non che, per questo, entri in una scia di ottimismo. Ma, intanto, mentre guarda i palazzi a sinistra, con le grandi finestre e i lunghi, snelli balconi, mentalmente vede spuntare, nella foschia azzurrognola, personaggi dell'Ottocento: i bersaglieri in corsa, con le dame che gettano fiori.

Gli piace l'oleografia dei poveri di cui si nutrono i suoi ricordi. Ricorda, ad esempio, quando d'inverno andava tutto intabarrato, con suo padre, nella palestra di via Maggia, a vedere la boxe dei dilettanti. È stato allora che gli è fiorito il culto di Tiberio Mitri, allora campione europeo dei pesi medi. Fantasticava sull'estensione dell'Europa, sul fatto che non ci fosse, in tutto quell'immenso territorio, nessun uomo dello stesso peso capace di batterlo. Nel pugilato Mitri resta, per lui, ciò che, nel calcio, è stato Cappello.

Ritorna con la mente all'estate del 1949, a Castiglione de' Pepoli, in Appennino. Sapeva da tempo che, ai primi di settembre, Mitri avrebbe combattuto, di sera, allo stadio comunale di Bologna, e si smangiava nell'ansia di sapere se suo padre intendeva andarci. La felicità, quando gli aveva detto di avere già comprato il biglietto, per giunta a bordo ring! Uno, perché era stabilito che lui sarebbe entrato come bambino, cioè, in quegli anni meno fiscali, non pagando. Lui, però, sapeva che l'uomo dei biglietti avrebbe fatto delle storie e che suo padre, fintamente meravigliato, gli avrebbe allungato cento lire. Ciò avveniva regolarmente anche alla partita di calcio, con il brivido dell'umiliazione.

Quella sera Mitri aveva vinto per fuori combattimento alla nona ripresa. L'avversario era un certo Le Franc. Da sotto il ring, appollaiato sul ginocchio di suo padre, Assennati si era estasiato alla vista dei calzoncini, viola quelli di Mitri e verdi quelli dell'altro. Avevano i colori delle cartine dei cioccolatini. Mitri gli era parso un po' diverso da come, in un documentario della «Settimana Incom», l'aveva visto combattere e vincere al Parco dei Principi di Parigi. Al cinema gli era sembrato che i suoi capelli fossero lisci lisci e, per quanto si poteva intuire dal bianco e nero, di un biondo chiarissimo. A Bologna gli erano sembrati ricci e più scuri.

Poi, per quasi un anno, aveva seguito i preparativi dell'incontro che Mitri avrebbe combattuto in America per il titolo di campione del mondo, contro Jack La Motta. Il giorno dell'incontro era di nuovo in montagna, ma in Alto Adige, a San Lorenzo, un paese vicino a Brunico. Era talmente persuaso della vittoria di Mitri che, in albergo, aveva finito per sfidare tutti i clienti. La sua esaltazione si fondeva col profumo della carne di maiale, copiosa fra le portate, che ristagnava in perpetuo nella piccola sala da pranzo. Quell'odore acre, affumicato, era la cornice inebriante delle sue discussioni. La Motta, diceva, era diventato campione perché, come aveva letto, il campione detronizzato, il francese Marcel Cerdan, si era lussato un polso. Quell'espressione, «lussato il polso», era diventata per lui una giaculatoria, era la garanzia incrollabile che Mitri avrebbe vinto facilmente. Come, del resto, contro Cerdan, se l'aereo che lo portava in America per la rivincita non fosse precipitato vicino alle Azzorre. L'unica cosa che non gli andava era che Mitri si fosse portato dietro la moglie, anche lei triestina. Si chiamava Fulvia Franco e aveva vinto il titolo di Miss Italia. Aveva letto con incredulità di una sua ambizione di combinare contratti per films.

L'America gli pareva troppo grande perché potesse prestare molta attenzione a chi veniva dall'Italia. Però La Motta, un ibrido italoamericano, gli sembrava in condizione d'inferiorità. Gli appariva moscio, con quella faccia grassoccia e i capelli neri, setolosi, l'opposto esatto di Mitri. Sempre più si era persuaso che se, con Cerdan, gli era andata bene, era stato per via del polso lussato. Adesso avrebbe pagato il conto.

Poi, una mattina, mentre era ancora a letto, la cameriera Fanny, con la sua nasale voce austriaca, gli aveva annunciato, attraverso la porta, che nella notte Mitri aveva perso ai punti. Aveva provato un senso, più che di delusione, di smarrimento.

36.

Bellissimi erano i momenti quando, sempre con suo padre, andava al cinema d'inverno. Fuori, imprevisti e sgraditi, dopo lo smemoramento del film, il buio, il freddo, la nebbia. Spesso la sala-cine era il Contavalli, oggi scomparso. In quel caso, usciti dal locale bisognava raggiungere la fermata del tram dopo una lunga marcia fra strade ad angolo retto, che non finivano mai. Provava un senso di ribellione. Ammutolito, si sentiva invadere da un'improvvisa angoscia per un compito non finito, una lezione non studiata.

Finalmente si arrivava al crescentone di pietra, davanti alla Raquette, il bar dall'insegna con racchetta luminosa e pallina. La prima cosa che faceva era andare ad addossarsi contro il fanale a spicchi gialli alto un metro, sul bordo: si illudeva di ricavarne tepore. Immobile, teneva lo sguardo fisso su via Indipendenza, da cui il tram 21 sarebbe sbucato morbidamente, con quell'ultimo strano colpo di coda sulle rotaie. Prostrato, sentendosi goffo per la sciarpa a cui la mamma lo obbligava, avvertiva il mondo attorno a lui, nonostante le insegne luminose, come un guazzabuglio. Andava a mettersi accanto al manovratore, incantato dai giri della manovella di guida. Si godeva la marcia di avvicinamento, i rallentamenti fra le curve di via Collegio di Spagna, quindi la lenta ripresa, prima della corsa lungo il rettilineo di Saragozza, con i portici sprofondati nel buio. Stremato dalla fame, pensava che, forse, lo aspettava la polenta fritta.

Adesso, quando cammina su e giù lungo San Petronio, il pensiero del vecchio tram, transitante col suo rumore di ferraglia, gli ritorna regolarmente, come una voce umana. È da trent'anni che a Bologna ci sono solo autobus. Per lui è stata la decisione più idiota che abbia preso l'amministrazione pubblica. L'occhio, pieno di malinconia, gli va ai punti dove, sull'asfalto, ancora spuntano qua e là i solchi delle vecchie rotaie.

37.

Davanti al Caffè Zanarini è stata cancellata la traccia della pedana estiva per i tavoli. Lì, per anni, ha sostato con l'amico Giampiero. Ma, molte volte, anche da solo. Anche qui la sovrapposizione dei pomeriggi, l'uno simile all'altro, gli ha appannato i ricordi. Ma non ha dimenticato la volta che, da Zanarini, capitò nientemeno che la principessa Margaret d'Inghilterra. Lui non l'aveva vista. Infatti la principessa aveva preso posto, nonostante il caldo, all'interno. Ma aveva notato un gran movimento di poliziotti tutt'intorno, tanto che, a buon conto, si era alzato e allontanato. L'indomani il «Resto del Carlino» aveva detto che la principessa, di passaggio a Bologna, dopo una breve sosta in un noto caffè cittadino, era partita alla volta di Venezia, per raggiungere degli amici. E allora aveva ripensato a oltre vent'anni prima, quando l'amore impossibile di Margaret per il colonnello Townsend, suo scudiero e asso della RAF durante la guerra, aveva tenuto banco sui giornali. Rivedeva le foto in bianco e nero, sui rotocalchi del tempo. Era stato uno degli argomenti familiari. Sua madre aveva parteggiato per Margaret, e in fondo persino suo padre, anche se in modo brusco. Una volta aveva detto: «Che vada a letto con questo Townsend e ci lasci in pace».

L'amicizia con Giampiero, intanto, si è incrinata. Assennati, però, è attento a non mettere sul piatto della bilancia solo la parte amara. Non ha dimenticato le belle ore, le chiacchiere e le risate. Certo, era stata un'amicizia faticosa, a causa della frenesia giocosa dell'amico, un passo che lui non poteva reggere. Ma, oltre all'affetto, gli deve alcune ore di dimenticanza, o almeno di scongelamento, della propria pena. Non si spiega diversamente che proprio lui, Assennati, sia stato l'autore, quindici anni prima, della burla ai danni del poeta locale Gilberto Lodovici, oggi morto da alcuni anni. In un quarto d'ora, fra risate e schiamazzi, e rubandosi la penna l'un l'altro, avevano raffazzonato, assieme a un altro compare, una poesia in onore di Lodovici. Poi, al telefono, lui aveva spiegato a Lodovici che un certo signor Athos Tarantino, di Taranto, folgorato dalla lettura della sua opera, aveva provato il bisogno di celebrarlo. Aveva spedito la poesia a lui, Assennati, per timidezza. Nel leggergli i versi esaltanti (si trattava di una specie di storia della parabola poetica di Lodovici) aveva a tal punto caricato i toni di falsa emozione, che il poeta l'aveva bevuta. Per Lodovici, autore di libretti poetici a proprie spese e in esclusiva circolazione fra gli amici, sapere che nella lontana Taranto aveva un estimatore, era stato motivo di emozionato sbigottimento. Loro, comunque, non gli avevano dato tempo di riflettere. A gran voce avevano proclamato che un evento del genere meritava la pubblicità. Lo avevano, così, convinto a lasciare che organizzassero alla Fameja Bulgneisa una «Serata Lodovici», il cui clou sarebbe stata la lettura della poesia di Tarantino, che sarebbe giunto a Bologna per l'occasione. Con sgangherata euforia, avevano visto la macchina organizzatrice mettersi in moto, attraverso la stampa di varie centinaia di inviti e la convocazione, per leggere i versi, di un'attrice del Teatro dell'Antoniano. La sera stabilita, una gelidissima e nebbiosa sera di gennaio, Lodovici, da sempre unico distributore della propria poesia, era arrivato con due borsoni carichi. Aveva piazzato i libri sul tavolo di fianco all'ingresso. La sala era zeppa, perché Lodovici aveva dato la notizia nella scuola media dove insegnava. Primeggiava, sul pubblico venuto a ruffianare il professore, il preside della scuola.

Mentre si era in attesa dell'arrivo del misterioso Athos Tarantino (a Lodovici, lui, Giampiero e l'altro amico avevano raccontato di averlo avuto ospite a pranzo in un ristorante, trovandolo persona squisita) per la prima volta Lodovici aveva avanzato qualche riserva sul testo. Il punto era: «Ma tu con mano duttile poetavi/nel tuo tinello semplice»; dove si faceva riferimento a Lodovici che continuava a scrivere mentre su Bologna fioccavano le bombe. A non piacergli era la parola «tinello», impoetica, piccolo borghese.

Per enfatizzare il ritardo di Tarantino, pochi

minuti prima che Lodovici salisse sul podio, loro si erano lasciati andare a insulti pesantissimi, tipo: «Che stronzo, però», «Brutta troia d'un marocchino», eccetera. Lodovici aveva dovuto cominciare la conferenza stretto nel bozzolo dell'inquietudine.

C'era stato, poi, un altro spasso. Il terzo amico era andato a sedersi accanto al tavolo stipato di libercoli. Mentre Lodovici parlava di sé, i padri degli alunni, per mettersi in mostra, si erano accostati uno a uno a comprare. E così Lodovici, per tutto il tempo, aveva avuto sotto gli occhi il gesto dell'impunito che, venduto il libretto, ogni volta si metteva i soldi nel portafoglio.

Il momento più divertente era stato quando il preside, vedendo durante il «dibattito» il suo sottoposto in difficoltà, aveva voluto difenderlo. Allora Giampiero, in tono sprezzante, aveva osservato: «Come si vede che lei è un uomo di scuola».

Poco dopo, Giampiero si era fidanzato e lui aveva cercato di introdurre Cristiana tra Giampiero e la sua ragazza; avevano provato a «fare la doppia coppia», nella folle speranza che Cristiana, prendendo gusto agli amici, lo prendesse di riflesso anche per lui. Ma Giampiero aveva rovinato l'esperimento: dopotutto aveva sempre trattato Cristiana come un diversivo, un imprevisto, una cavia. Lo aveva visto la prima volta, per strada, sul punto di ficcarle allegramente un dito dietro. Lei aveva reagito, voltandosi di scatto con un «per favore» seccato, ma non scandalizzata, forse un tantino divertita.

Un'altra volta, per tutto il tempo che erano rimasti a tavola in un ristorante, senza una ragione Giampiero le aveva fatto il terzo grado, contestandole tutte le sue idee, con tono da inquisizione; d'altra parte, Assennati sapeva che, come in tanti, anche in Giampiero prevaleva la strategia di mettere, machiavellicamente, la donna alle corde. All'improvviso le aveva chiesto, aggressivo: «Assennati ha delle belle mani?» Rivede il lampo maligno dei suoi occhi, quando Cristiana aveva scosso la testa.

Assennati sa di avere mani tozze, e gli dispiace che qualcuno lo rilevi. Ma non è per questa ragione, non è per quella domanda truffaldina, che ha cominciato a sgradire Giampiero. La ragione vera è che Assennati ha sospettato che dietro il gioco di Giampiero, condotto con arte ambigua, ci fosse una subdola abitudine di conquista sia pure platonica. Deve ammetterlo: il distacco da Giampiero è cominciato perché l'amico ha stuzzicato, involontariamente, la sua gelosia. L'amicizia, però, è stato Giampiero a interromperla. Più giovane di Assennati, a un certo punto aveva cominciato a trovarlo intristito e invecchiato: e un giorno glielo aveva detto.

38.

Si decide finalmente, attraversata via degli O-refici, a svoltare nel punto del portico un tempo chiamato «l'angolo degli imbecilli». Non capisce come lo si potesse scegliere come luogo di ritrovo e di chiacchiere. Ha già, infatti, tutta la sporcizia da smog degli smisurati palazzi delle assicurazioni. L'ingrommatura procede di lì fino in fondo a via Rizzoli, dove sono le Due Torri.

Dopo tanti anni, ancora non ha smesso di rimpiangere e sognare via Rizzoli come doveva essere prima degli sventramenti di inizio secolo. È certo che alla snellezza elegante di un lato della strada (marciapiede stretto, negozi con i teloni contro il sole) un'altra ne doveva corrispondere, rendendo la strada quasi un giardino nel cuore della città.

I palazzacci, specie di corazzate, hanno guastato tutto. Se non ci fossero, gran parte del senso di grevità e squadratura della città si attenuerebbe. L'edificio antico, detto di Re Enzo, lì a due passi, raddoppierebbe il suo incanto. È l'unico, defilato, alle spalle della gran rosa di pietra della piazza, che conservi, secondo Assennati, il segno del passato. In quei pressi, riesce a immaginare la città di secoli prima: le catapecchie sparse intorno, le vedette affacciate ai merli. La torretta centrale sbilenca evoca il battuto, le erbacce, la sabbia, i fuochi.

Così, durante la rancorosa osservazione dei nuovi plumbei edifici, con la caligine annidata tra le arricciolate decorazioni, Assennati sogna la loro distruzione per incendio o bombardamento.

Sta passando davanti al Roxy Bar. Istintivamente l'occhio gli va al punto del suo tavolo preferito d'estate. Pensa, rabbrividendo di freddo e guardando lo smog depositato sulle colonne dei portici, all'impulso avido con cui, tra pochi mesi, si dirigerà alla solita sedia con i tubolini gialli di plastica, anche loro ingrommati da cacchetta secca di piccione; pensa al suo sospiro di soddisfazione, appena arrivato, quasi lo aspettasse il tappeto granuloso di una spiaggia.

39.

Non è un posto chic. Su di esso, anni fa Giampiero, commentando la diserzione dallo Zanarini, si lasciò andare, asfissiante, in lepide ironie. Giampiero non si è mai spiegato l'abbandono da parte di Assennati dell'aria azzurrina di piazza Galvani, isola pedonale, per questo luogo immerso negli sgassamenti di autobus e auto, con ubriachi e drogati di passaggio, diretti alla vicina mensa di carità.

Pur ammettendo tutto, e ridendo, Assennati continua a far sosta al Roxy Bar, perché non vuol più patire la speciale natura del passeggio davanti allo Zanarini. Il flusso di gente, sempre nutrito lungo la fiancata di San Petronio, diminuisce di molto prima del vecchio caffè. I più fanno dietro front per non correre il pericolo d'essere tacciati di far flanella, d'essere «zanari» senza costrutto.

Un tempo la rarefazione del passeggio non lo deprimeva, la considerava anzi un filtro di qualità che conduceva in quella dirittura solo qualche cocchina. La decisione di rendersi anonimo nel più proletario Roxy Bar è la spia che Assennati, con l'età, ha ammainato bandiera. Del resto, anche la straziante decisione di dire addio a Cristiana, l'ha presa, anche se lei non l'ha saputo mai, dopo che si è accorto del proprio decadimento sessuale. Non aveva più tollerato di vedersela accanto persuasa che tutto fosse come sempre. Pazzamente lo aveva attraversato l'idea che il confessarle la cosa sarebbe bastato a ridargli il vigore. A tal punto l'aveva divinizzata. Ma poi, naturalmente, la logica era prevalsa. E si era tolto di mezzo.

40.

A fine marzo, appena mettono fuori i tavoli, è uno dei primi clienti. Arriva trafelato, quando finisce a scuola. Si gode incappottato le prime soste precarie, come altri le primizie del fruttivendolo. Poi, da metà giugno, dato che non va in vacanza, ci si installa stabilmente fin dal mattino. Infine, alla riapertura delle scuole, ricomincia la frequenza saltuaria, però estesa ormai, essendogli l'abitudine entrata nelle vene, anche a qualche pomeriggio. Molla il Roxy solo il giorno prima del ritiro dei tavoli: ciò può avvenire, se non c'è troppo freddo, anche molto in là, verso il 10 di novembre. Le ultime infreddolite sere avverte la fine della stagione nelle prime nebbioline, nei riflessi crudi della vetrina della fiorista, che sta in faccia al suo tavolo.

Data la sua presenza prolungata, ha dovuto costruirsi una strategia. Ha assunto un modo di fare a metà tra la mutria e l'affettazione; utile, quest'ultima, per spargere intorno a sé il gelo che desidera. Gli fa gioco, per questo, essere noto come «il professore». Non saluta nessuno, neanche i vecchi clienti. Se, all'inizio della stagione, qualche abitué lo sorprende con un «buongiorno», saluta per creanza, poi, nei giorni successivi, evita di incrociare sguardi, finché il diritto di non salutare viene riconquistato. Sa di doversi guardare soprattutto da certi tipi di aspetto inclassificabile, forse guappi o magliari emigrati al Nord, numerosi in quel porto di mare. È conscio che lasciarsi invischiare da uno significherebbe, poi, doversi sorbire anche i compari. In tanti anni, ha dovuto registrare una sola sconfitta. È stato durante il passaggio di una bellissima ragazza di colore, prosperosa e gigantesca. Il vicino, non resistendo, aveva richiesto il suo connivente entusiasmo e lui glielo aveva dato anche con paroline e strizzate d'occhio: sicché il vicino per mesi gli aveva ricordato l'evento muovendo verso di lui una mano a ventola, come a dire: «Ti ricordi?» No, stop, non vuole ricordare.

41.

Al Roxy Bar è fondamentale sedersi in prima fila, poiché la seconda è già dietro le colonne, a dieci centimetri dai tubi di scappamento in transito.

Col tempo, Assennati ha imparato a calcolare l'ora d'arrivo degli altri clienti fissi: vecchi scapoli, commercianti in pensione, piazzisti, tra i quali si sono create piccole rivalità e antipatie. Quando arrivano che la prima fila è tutta occupata fingono indifferenza: lui no. Appena si libera una postazione si slancia a conquistarla, sopportando il tepore delle natiche di chi l'ha preceduto e lo spettacolo schifoso del bicchiere scolato, delle patatine sbriciolate, dei noccioli delle olive, finché Uber non arriva a sgomberare.

Di Uber, baffuto e aggrottato, all'inizio Assennati aveva paura. Siccome lo vedeva questionare con i clienti che andavano a sedersi, dopo aver consumato al banco, lo aveva catalogato come uno di quei tremendi camerieri dei films di Charlot che prendono i clienti per il collo, se mancano due soldi. Poi ha scoperto che è buono, amante come lui dei gatti, e servizievole. Recentemente, lo ha sentito istruire un nuovo cameriere sulla tecnica di portare il vassoio, cioè stando dritti e non inclinati su una spalla, per evitare, col tempo, l'artrite tipica.

Una seccatura è l'arrivo del cosiddetto sosia di Vasco Rossi. Ha una somiglianza vaga, che lui accentua, dietro gli occhiali neri, ostentando il mento prominente e l'andatura da scimpanzé. Dopo la canzone di Vasco *Vita spericolata*, il Roxy è diventato luogo di pellegrinaggio. Molti giovincelli in gita scolastica, dopo aver spiccata una corsetta, si fanno fotografare sotto l'insegna Roxy Bar, in caratteri rossi su piastrelle bianche: sembrano tutti sicuri che il Roxy della canzone sia quello di Bologna; il pandemonio è sempre grande, figurarsi quando c'è lo pseudo-Vasco. Nel cesso del bar, sottoterra, i muri grondano di scritte inneggianti al cantante.

Lui ha avuto la tentazione di trascrivere su uno di quei muri l'ultima frase detta a Cristiana: «Cerca di laurearti, e sposati, e metti al mondo un figlio». Ma si è trattenuto, meditando che, più che un epitaffio sul suo sfortunato amore, sarebbe stato un requiem per la vita.

L'addio, senza che lui né lei sapessero che di addio si trattava, se lo sono dati in piazza del Nettuno. Quello stesso giorno d'estate erano stati l'ultima volta insieme al Café de Paris, in piazza Minghetti. A differenza che nel ristorante di via Dal Luzzo, lì non ci rimetterà più piede. È il posto dove, per la ristrettezza dell'ambiente e i séparés, c'è stata fra loro la maggiore intimità.

42.

Il Roxy è, per Assennati, anche il luogo della villeggiatura. Ma è solo da un paio d'anni che ha preso la decisione di non muoversi d'estate. In precedenza, molto prima di conoscere Cristiana, anche lui godeva qualche giorno a Rimini, il solo luogo, legato all'infanzia, dove per la sua inerzia poteva concepire di rifugiarsi. Non è mai stato tipo da amicizie in albergo, o da brevi avventure. L'unico ricordo dolce che conserva è quello di se stesso appollaiato, di notte, su una sedia in terrazzo, al terzo o al quarto piano del Caesar. Prenotandosi sempre all'ultimo momento, non era mai riuscito ad avere una camera dalla parte della spiaggia. Ma non gli importava tanto. Guardava le stelle o le nuvole e pensava a Cristiana.

Due anni prima, decisa la fuga prima della seconda notte, gli era accaduta una cosa strana. La stazione di Rimini era deprimente: scarse le luci sulle banchine e, tutt'intorno, un ristagno di odore di carbone. E incombeva, ciclopico e angoscioso, con rare finestre illuminate e i fanali rossi per l'avvistamento, il grattacielo. Pentito di avere speso un bel po' di soldi in modo idiota, Assennati aveva avuto un soprassalto di avarizia: avrebbe lasciato scorrere il rapido con supplemento di prenotazione, per attendere il successivo diretto. Quando il rapido era arrivato per la breve sosta a motrice accesa, lui si trovava già in banchina e il suo sguardo si era appuntato verso lo scompartimento che aveva davanti. Gli era sembrato di vedere Cristiana e, dirimpetto a lei, la madre. Cristiana, che teneva la faccia un po' voltata verso l'interno, appariva silenziosa e completamente immobile. Poggiava leggermente il mento sulla mano, col braccio ancorato al bracciolo. Era un gesto, un po' altero e compiaciuto, che le apparteneva. Ma, perché lui fosse sicuro del riconoscimento, avrebbe avuto bisogno che si girasse un poco. Mossi inutilmente alcuni passi di lato, si era bloccato lì sotto. Si era chiesto che reazione avrebbe avuto Cristiana, se l'avesse individuato. Ma il piccolo movimento non c'era stato. Il treno era ripartito, lasciandolo con la sua incertezza. D'altra parte, aveva subito escluso di salire. Anche nel caso che fosse stata lei, che cosa avrebbe potuto dirle?

Quella fantomatica apparizione era stata, comunque, la spinta definitiva a lasciare Rimini per sempre.

43.

Durante l'estate, può rinfrescarsi la memoria attraverso incontri e rincontri di conoscenti. Mesi fa ad esempio, gli è riemerso davanti l'antico direttore di un ente culturale pubblico, a cui, per ragioni che non ricorda più, era andato per un certo tempo a fare visita con assiduità. Si ricorda un salone incredibilmente vasto e il tavolo del direttore lontano una quindicina di metri. Era un buon uomo, solo con la debolezza, del resto diffusa, di atteggiarsi a insostituibile. Tutte le volte, lamentando che gli organi preposti non gli davano abbastanza finanziamenti, urlava: «Ma io, caro lei, se mi scoccio, mi metto in pensione, e così li mando tutti a farsi delle pugnette!» Diceva quella frase «li mando tutti a farsi delle pugnette» con speciale soddisfazione. Naturalmente, aveva lasciato il cadreghino per raggiunti limiti di età. La permanenza solitaria nella smisurata sala doveva avergli dato un po' alla testa: sebbene socialista, doveva averlo colpito il ricordo cinematografico di Mussolini nella Sala del Mappamondo a Palazzo Venezia. Quando uno entrava, lo aspettava serio e immoto dietro il tavolo, proprio come aveva visto fare al Duce e, alla fine della visita, si alzava e arrivava, in lieti conversari, fino alla porta. Assennati aveva capito che per nulla al mondo il direttore dell'ente avrebbe rinunciato a scortare il visitatore verso le scale.

Un giorno di una settimana del luglio scorso era passata davanti al Roxy Sandra, la donna che l'aveva sverginato, conosciuta a una conferenza quando lui aveva diciannove anni (aveva dovuto cominciare a lottare contro la solitudine prestissimo) e lei trenta.

L'aveva rincontrata tre volte nella sua bottega d'antiquariato: e lì era diventato adulto senza rimpianti. Una sera l'aveva vista di spalle mentre, attraversato un cortile, veniva inghiottita dallo scalone del suo palazzo patrizio. Aveva lasciato che sparisse, quasi ingobbita, nella nebbia di un tiepido desiderio.

Assennati guarda, riconosce, mette in azione la memoria: ma senza tenerezza. Ha registrato troppa distrazione. L'incomprensione degli altri ha seminato in lui un sottile rancore. Ormai manda a fare in culo, dopo la Storia, anche le proprie storie: si sta preparando a traghettare dove le buone, civili maniere non hanno più senso.

44.

Per tornare a casa, Assennati infila sempre Strada Maggiore, che lambisce le Due Torri ed è, in realtà, la via Emilia.

Altrimenti, dovrebbe inoltrarsi nella piazza delle Sette Chiese, per poi imboccare via Santo Stefano. E non gli va. Gli aspetti per lui deprimenti di via Santo Stefano sono due: la curva brutale con cui la strada è costretta ad aggirare la sopraelevata chiesa di San Giovanni in Monte, e il «portico più odioso di Bologna», come chiama quello che, andando verso il centro, sta sulla destra. Gli dà l'idea, così alto a sorreggere il blocco dei palazzi già di via Farini, più che di un portico cittadino, di un porticato di certosa. La nudità, per non dire la gelidità, dei pianiterra dei palazzi, tra portoni privati e saracinesche e inferriate di negozi, dipende, secondo lui, da quell'altezza esagerata.

Ha capito perché anche questo punto di Bologna gli procura sensazioni sgradevoli. Deve tornare agli anni in cui, ogni domenica mattina, anche d'inverno, andava dallo Zanarini a leggere i giornali: attraversata via San Petronio Vecchio, percorso un piccolo tratto di via Guerrazzi, arrivava in Santo Stefano; nella città semideserta, si dirigeva alla saletta damascata e male illuminata, alle scomodissime poltroncine in stile, da cui emanava odore di stantio e, qualche volta, spuntava qualche piccolo chiodo; quel rito ansioso, quella smania di nutrirsi d'informazione e cultura era il simbolo della sua vita insoddisfatta, precaria e miserevole. Ora capisce – e ne inorridisce – che la lettura dei giornali è stata per anni l'unico evento delle sue domeniche.

Pian piano la febbre della lettura domenicale lo ha lasciato; e lentamente l'idea della decomposizione del mondo intero ha preso spazio dentro la sua mente. L'abbondanza delle letture ha stimolato più la sazietà che l'appetito. E lui ha smesso di attraversare di domenica la città quasi deserta come un agitato pipistrello diurno.

45.

Sta per svoltare, poco prima di Porta Mazzini, in via Fondazza, dov'è la casa che fu del pittore Giorgio Morandi. Al solito, l'occhio gli va a sinistra, dall'altra parte della strada, dove le tre sorelle, dopo la morte di lui, avvenuta nel 1964, andarono ad abitare. Gli è rimasta la sensazione di avere avuto con Morandi un rapporto privilegiato. Quando la sua famiglia era andata ad abitare nel 1961 nel grande condominio di fresca costruzione, sorto sul retro della casa del pittore, Assennati aveva ottenuto dalla madre di prendere possesso della stanza che guardava, dall'alto, in quella dove Morandi dipingeva e dormiva. E così, per tre anni, Assennati aveva avuto modo di spiarlo con discrezione. Anche se si sentiva a disagio, perché aveva letto che Morandi aveva patito molto la costruzione, in faccia al suo studio, dell'enorme edificio condominiale che aveva cancellato un umano paesaggio di minuscole case con l'orto.

Il giovane Assennati non lo perdeva mai d'occhio. Morandi aveva l'abitudine di alzarsi tardi. Qualche volta, lo aveva colto mentre, guardando fuori per fiutare il tempo, finiva di allacciarsi il colletto, che aveva come quello dei preti, staccato dalla camicia. Dipingeva nell'ultimo scorcio della mattinata.

Il momento più intenso del rapporto con Morandi, Assennati lo provava a sera tarda, quando tutto attorno era silenzio, e lui si affacciava per godere il fresco estivo o il gelo invernale: a quell'ora la stretta e lunga persiana dello studio di Morandi si apriva e il pittore si sporgeva un po' per fumarsi l'ultima sigaretta senza appestare il proprio ambiente. Per cinque minuti, ciascuno con la luce alle spalle, Morandi e Assennati se ne stavano immobili a studiarsi e forse il maestro intuiva il suo slancio di ammirato contemplatore.

Una primavera Morandi scomparve dalla sua camera e dalla finestra. Nei giornali che diedero la notizia della sua morte, Assennati lesse che, negli ultimi tempi, le sorelle lo avevano spostato in un ambiente più protetto e caldo. Scrissero che, durante la malattia, gli era cresciuta una gran barba bianca. Assennati non se ne era meravigliato, perché lui l'aveva sempre considerato un riservato e ironico profeta. «Tot par qual quater buttigliein!» aveva, commentato un vecchio, oscuro e geloso imbrattatele.

46.

Trenta metri prima di casa, c'è ancora l'insegna, nera e polverosa, con su scritto Ricos. È ciò che resta di una vecchia pasticceria. Nessuno ha rilevato l'esercizio. La saracinesca è abbassata da anni. Aveva preso l'abitudine di ingozzarsi da Ricos di torte, con conseguenti emicranie super.

Una sedia abbandonata lì davanti per strada gli fa tornare in mente le poltrone arancione, quadrate, acquistate alla Standa e poi rivelatesi scomodissime (non vi si poteva appoggiare la testa). Era stato Giampiero, a quei tempi assiduo di casa, a forzarlo, frenetico, per la fretta di dare un po' di comodità alla sua topaia. I due brutti arnesi, subito anneritisi sui braccioli flosci di finto velluto a coste, adesso fotografano al meglio lo squallore di quella sua età di mezzo (era sui trentacinque) e l'inutilità del suo intatto vigore fisico dentro le spoglie pareti di casa.

Gli viene il sospetto che anche la sua nuova strategia (reazioni smussate e rinuncia al decoro) sia una gran fregatura.

Abita tra la casa di Morandi e l'ultima abitazione del Carducci. Da un pezzo ha smesso di compiacersene. Carducci gli torna in mente in certe mattine grigie, piovose, quando esce che c'è ancora la luce dei fanali «accidiosi là dietro gli alberi», come scrisse l'enfatico vate umbertino. L'adiacente giardino a montagnola, che emerge prima della circonvallazione, è insidiato dallo smog e dal cemento, proprio nel punto dove al tempo di Carducci cominciava la campagna. La casa del poeta è stata ristrutturata. Qualcuno ha protestato per il colore della facciata, non più rosso mattone, ma di un giallino tipo cacca di gallina; lui la sopporta più dei monumenti del grande giardino: in uno, un efebo si contorce nel succhiare le poppe della Natura, che se ne sta lì a braccia larghe, come una paziente maîtresse; in un altro, c'è Carducci stesso che, con gambe accavallate e mento nella mano, sembra seduto pensoso sul cesso.

In ogni caso, ad Assennati interessa di più il piccolo mondo dei negozianti e degli artigiani della zona. Gli piaceva il salumiere Bartolini, per esempio, talmente abituato, da trent'anni, a rassicurare le massaie sulla freschezza della merce, che ormai, esasperato, le bloccava prendendole in contropiede. Una donna non aveva ancora finito di chiedere due etti di mortadella, che lui diceva: «Freschissima»; un'altra domandava una caciotta e lui, subito: «Speciale».

Marchioli, rosso in faccia come un gambero per il vino ingurgitato anche di notte, è morto da parecchi anni. Dopo la pensione, dava una mano ad alcuni fornitori portando le ordinazioni a domicilio. Rivede il suo passo elastico da antico frequentatore di balere: al ralenti, in una pellicola sfocata.

E il falegname Vero? Piccolissimo e minuto, girava con berretto e sciarpa tipo apache francese, di quelli che, ballando, strapazzavano le donne. Era bravissimo nel lavoro, ma faceva il minimo indispensabile. Assennati ha ancora delle mensole di libreria costruite da lui: si erano subito dolcemente incurvate. Se gliene avesse parlato, Vero avrebbe trovato senz'altro una spiegazione. Una volta che lo aveva incaricato di fissargli la maniglia del bagno, aveva constatato, mentre Vero stava riponendo gli arnesi, che, soltanto a impugnarla con un po' di veemenza, si sarebbe sfilata. Era di pomeriggio ed era universalmente noto che, se si voleva un lavoro da Vero, bisognava convocarlo al mattino, quando aveva già smaltito il vino del giorno prima; dopopranzo, era di nuovo carico. Infatti, con una cavernosa voce giocosa, Vero al suo rilievo aveva risposto: «Sì, ma lei ci vada pianino e così vedrà che non succede niente». E aveva infilato rapido la porta, regalandogli un sorriso di paterna benedizione.

47.

Il ritorno a casa di chi vive da solo è sempre drammatico. La sua casa polverosa, ammobiliata malamente, più che un'abitazione è una tana.

«Ehi, tu, dove credi di andare?» «Dài, dài, sei matto?» Le frasi che rivolge a Serafino e Pasticcio che, sentendo arrivare l'ascensore, si sono accostati alla porta e occhieggiano fuori, gli escono faticose, come se uscissero da una cavità metallica. Rompe così la prima lastra di gelo.

Per giustizia, va in cucina ad appoggiare una carezza sulla testa di Rommel che, obeso, non si muove quasi mai dalla sedia. Quindi, torna nell'ingresso e si toglie il cappotto. Intanto Pasticcio, intelligente ed espansivo come tutti i gatti neri, festeggia il suo ritorno con delle corsettine contro le sue gambe, accompagnate da una specie di squittio.

Mentre appende il cappotto, l'occhio gli va alla propria destra, dove c'è il tinello rimasto per anni spoglio come una grotta. Adesso, dopo che un'amica, anni prima, glielo aveva sistemato, è di nuovo in condizioni precarie. Il divano e le poltrone, a causa delle unghiate dei gatti, sono tutti sbrindellati ai bordi e pieni di peli, e intorno al tavolo è rimasta un'unica sedia. Le altre, mezzo sfasciate, sono state trasferite in cucina.

Tra le sue quattro stanze, il tinello è una delle due in cui non entra mai. L'altra è quella, vagamente angosciante, dove ci sono le cassette dei gatti, e un armadio e un comò con i cassetti dissestati che non riesce più a chiudere. Anche lì, polvere.

Anni fa, accettata l'idea di sistemare la casa, era partito, con la solita amica, dalla stanza da letto. Avevano tirato giù il lampadario, per sostituirlo con una lampada a stelo, poi non comperata, e lui, di sua iniziativa, aveva fatto mettere giù una moquette color tabacco. Adesso, la moquette, per l'andirivieni dei gatti, è diventata una tundra. D'altra parte una volta Cristiana aveva detto di non amare le moquettes. Così è costretto a pensarci di continuo, incerto tra il desiderio di farla togliere e il piacere masochistico di stendercisi sopra come su una graticola.

D'altronde, pur vivendo malissimo, ha imparato, con gli altri, a far finta di niente.

48.

Alle tre del pomeriggio, Assennati è al tavolo dello studio. È lì che si prepara a percorrere il tunnel che lo porterà all'ora di cena. Lavora (o divaga) a tapparelle abbassate; non chiuse del tutto, per permettergli di occhieggiare su un ulivo, sulle aiuole, sui rami di un fico, sull'orto. Gli piace quel paesaggio spoglio, come stremato nella nebbiolina.

Da mesi sta lavorando a una traduzione di Catullo. Legge:

Nulli se dicit mulier mea nubere malle
quae mihi, non si se Iuppiter ipse petat.
Dicit: sed mulier cupido quod dicit amanti,
in vento et rapida scribere oportet aqua.

Si compiace e si dà, insieme, della bestia. Subisce la somiglianza col poeta sbarbatello. Né dissimile alla scafatissima Lesbia gli appare Cristiana, così bene addestrata a calamitarlo e a depistarlo.

Lavorando sulle poesie d'amore corre il rischio di micidiali divagazioni.

Cerca di concentrarsi sulla bella immagine delle parole della donna, scritte sull'acqua.

In sostanza, Lesbia, per scoraggiare la richiesta matrimoniale di Catullo, proclama che non accetterebbe di sposarsi (anzi, di risposarsi, perché è vedova e si sospetta che sia stata lei a far fuori il marito col veleno) neanche se la chiedesse Giove in persona. Lavora su quel «petat»; si chiede se potrebbe renderlo, invece che col semplice «richiedere», con qualcosa come «esigere», «pretendere», destinato a rassicurare, con la sottolineatura dell'arroganza del dio, lo smarrito poeta.

Avverte, nell'affermazione esagerata e gratuita, l'ipocrisia della donna, sempre sprezzante prima dell'arrivo di un compenso o di una proposta concreta. Il flusso delle riflessioni gli dà un'idea: tradurrà «Dicit», non con l'elegante «Parole», come meditava, ma con un perentorio «Sì!» Per vendetta contro Lesbia e contro Cristiana.

49.

Da un pezzo le caldane claustrofobiche non lo spingono in strada, per rapidi raids.

Quando il suo stato d'animo è quello che dettò al Leopardi i versi «e qui per terra/mi getto, e grido, e fremo» (è scontato, per lui, che si tratta del momento in cui il Leopardi, notoriamente grande onanista, ci sta dando dentro a tutta forza), si comporta come il grande recanatese.

Rispetto a qualche anno fa, registra un'inarrestabile caduta dell'aggressività e dell'odio. In certi momenti, un tempo, l'idea di questa o quella fanciulla generosa di gnocca col burinotto, e non con lui, lo faceva impazzire. Adesso che, grazie alla caduta ormonale, trascura le cucciole, osa addirittura immaginare che qualche ex corteggiata, ormai alle prese con l'omarino che ha sposato, abbia nostalgia dei suoi elaborati complimenti. Stronze! Cretine irretite da una stupida avarizia di sé.

Nell'arco del pomeriggio, ad Assennati può capitare di cadere in speciali sacche di tristezza, che chiama i «pozzi neri». A un tratto, senza una ragione precisa, sente il morale scivolare ai calcagni. L'evento si verifica più facilmente a pomeriggio inoltrato, con l'annunciarsi del buio.

Non si tratta più di soprassalti del desiderio. È il vuoto affettivo, a pesargli. Prepotente, riemerge la nostalgia di suo padre e sua madre, invoca la loro antica protezione.

Accade, altre volte, a causa di piccoli incidenti domestici, come la rottura del televisore, o la constatazione che l'unico paio di scarpe ha le suole staccate. Allora si sente Pinocchio bisognoso della Fata Turchina.

Improvvisamente, dal fondo del suo inferno, Assennati accarezza l'idea di un patteggiamento con Cristiana. Subdola, l'insopportabile nostalgia è pronta a suggerirgli di accettare quanto lei (come tutte le altre!) generosamente gli aveva proposto: l'amicizia, nient'altro. È a questo punto che Assennati si sente disperato.

50.

Ha superato anche il momento delicato della cena. La cucina è l'unico luogo, per Assennati, preferibile di giorno, senza le luci artificiali.

Di sera lì, dove tutto dovrebbe essere lindo, le magagne risaltano: la muffa annidata negli angoli, le piastrelle mancanti, la lampadina fulminata.

Si avvia verso il canyon della depressione, indiano braccato e senza frecce.

Gettando l'occhio alla credenza, che ha uno sportello divelto, non può fare a meno di notare le cianfrusaglie, piattini e vasellame, che fanno capolino dal buco. Sono sepolte nella gromma, non troverà la forza di lustrarle.

Deve, forse, rimediare al tavolo con tre gambe, essendo la quarta rotolata contro il muro. Potrebbe fare un salto alla Standa per comprarne un altro. Ogni volta che Rommel, con i suoi chili, ci salta sopra per mangiare, sente che traballa un po'. Teme il crollo.

Mentre preparava la cena, la vista dei tre gatti, radunati in attesa, in un'immobilità quasi perplessa, gli ha fatto venire il magone. Gli sembra che il lungo silenzio pomeridiano abbia depresso anche loro. Pensa a come è triste che, in una casa con tre gatti, non ci sia nemmeno un bambino per giocarci.

51.

Ad ogni modo, anche questa sera ce l'ha fatta. Alle otto e mezza è seduto in studio, nella vecchia poltrona sfasciata, in faccia al televisore. Subito Pasticcio, sincronizzato, sbuca di corsa per venire a piazzarsi sulle sue gambe, dove dormirà per quelle due orette che lui resisterà. Da alcuni anni il sonno arriva presto. Sospetta che la ragione sia, più che l'invecchiamento, il fatto che i programmi televisivi non lo caricano più, non gli provocano emozione. La casualità con cui manovra il telecomando, gli ricorda l'atteggiamento di disponibilità dei soldatini in libera uscita.

Un tempo amava i programmi di canzonette con i divi ruspanti inquadrati a mezzo busto. Ricorda Emilio Pericoli che cantava con un'espressione interrogativa, perplessa; Luciano Virgili che si esibiva in smoking con aria funebre, da eterno sfigato; e Ugo Molinari, bolognese, biondo, alto, grassoccio e con una vocina esile quasi da castrato. Assennati aveva rivisto Molinari in piazza Tripoli, a Rimini, con un furgoncino nelle vesti di venditore di libri a rate.

Si commuove davanti a certi vecchi films in bianco e nero. Si incanta alla vista delle architetture di inizio secolo. Lo emoziona la vista di mobili fuori moda che gli ricordano quelli di casa sua, quando lui era bambino. Gode a vedere Aldo Fabrizi aggirarsi trafelato in una Roma assolata quasi priva di auto. Ammira le favole piccolo borghesi con Melnati, Viarisio, De Sica. Lo intenerisce la voce pigolante di Assia Noris.

Capisce che gli piacerebbe vivere in un tempo fuori del tempo. Forse perché, come quei cantanti e quegli attori, anche lui è un fantasma in bianco e nero: grigio.

52.

Il sapersi disadattato non attenua, però, la sua rabbia e il suo disprezzo. Giustifica solo Cristiana; le perdona tutto: inganni, disattenzione, distrazioni. Con Cristiana è indulgente al punto di giudicarla persino generosa. Il fatto che non si sia sposata (ammesso che sia vero) può indicare che forse pensa a lui, non per amore certo, magari per odio. Sarebbe una bella rivalsa, se il suo estremo consiglio di laurearsi, sposarsi e figliare (era come se le avesse detto che non credeva più alle sue ambizioni di scrittrice) l'avesse inceppata. Tuttavia, per quella frase lui prova solo vergogna.

L'episodio del racconto di Italo Calvino lo fa spesso meditare. Lui lo aveva strappato da una rivista femminile di sua madre, nel 1958 o '59, quando Cristiana aveva uno o due anni. Ambientato in montagna, si intitolava *La ragazza celeste cielo* ed era accompagnato da un paio di bei disegni a colori di Walter Molino. La «ragazza celeste cielo» era una sciatrice che, dopo aver suscitato, in un gruppo di giovanotti, grandi ironie per la sua riservatezza, si rivelava alla prova dei fatti più brava di tutti. Gli era piaciuta soprattutto la conclusione, dove ai ragazzi, ormai innamorati delle evoluzioni della sciatrice, sembrava che i suoi zig zag fossero il segno di una suprema infallibilità. Aveva prestato le due paginette ingiallite a Cristiana, poco prima che le cose, fra loro, precipitassero, e così erano rimaste a lei. Ricorda che a Cristiana era piaciuta l'immagine della «cartasuga del sole», quando sparisce a un tratto fra le nuvole. Un anno dopo, non certo per riavere i fogli a cui pure teneva, quanto perché impazzito di nostalgia, le aveva scritto che, trattandosi di un ricordo familiare, desiderava riaverli. Lei, però, che aveva certo capito il suo vero scopo, non si era fatta viva. L'aveva ammirata per la sua resistenza al ricatto.

Dopo tanti anni, tende a pensare che, più che di implacabilità, da parte di Cristiana si sia trattato di un riguardo. È probabile che, conoscendolo con tutte le sue nevrastenie, i suoi spasimi di recluso, lei abbia calcolato che quella restituzione nuda e cruda gli sarebbe suonata una beffa. Infatti, se è sincero, si accorge che non gli dispiace affatto che il racconto ce l'abbia ancora lei. È arrivato a immaginare il giorno in cui, fra vent'anni, lo ritroverà nella buca delle lettere. È l'unico lieto fine possibile per un reietto come lui.

53.

Sì, i ricordi nutrono. Sono, della vita, sia pranzo che cena. Ne vorrebbe qualcuno un po' più dolce, per la notte.

Ma è ora, se Dio vuole, di andare a dormire.

Accoglie con attrazione l'idea dell'oblio ma, quando è a letto, gli occhi di Assennati leggono la memoria come un calendario.

Controlla che la sveglia sia puntata sulle cinque e mezza.

Mentre la carica, l'occhio gli va alle ragnatele.

Appesi i calzoni alla maniglia della finestra, si mette sotto le coperte.

Sul letto c'è già, acciambellato, Serafino. Più tardi, infreddolito, arriverà anche Pasticcio che, per il momento, ha preso il suo posto in poltrona. Gli piacerebbe sentirselo contro il fianco. Ma è più facile che, come l'altro, vada a mettersi ai piedi del letto.

È abituato a muoversi, anche nel sonno, badando a non scalciare i gatti. Ogni tanto accarezza l'uno o l'altro col piede.

Il momento di spegnere la luce gli dà un po' d'ansia. Infatti, non sa mai come si avvierà al sonno. Pensieri piacevoli a cui aggrapparsi, non ne ha. Invece, se il torpore non lo prende subito, è facile che si formi un vuoto pneumatico in cui si mette a mulinare il vecchio interrogativo su quanto gli resta da vivere.

Anche se ogni giorno che passa è uno in meno da masticare senza Cristiana, il suo corpo, seppure decaduto, ha ancora desiderî: invoca altro tempo.

Finito di stampare nel mese di agosto 1992
per conto della Camunia editrice srl
presso la AGEL – Rescaldina (Milano)
Printed in Italy